Bagriy & Co.

Татьяна Шереметева

Личная коллекция
Magnum Opus

Эссе и афоризмы

Bagriy & Company
Chicago • Чикаго
2019

ISBN: 978-1-7344460-8-1

Edited by Olga Novikova
Book design by Mykhail Kondratenko
Cover design by Larisa Studinskaya

Bagriy & Company
Chicago, Illinois, USA
www.bagriycompany.com

Printed in the United States of America

Tatiana Sheremeteva
MY PERSONAL COLLECTION
MAGNUM OPUS
(Russian Edition)

"My Personal Collection" is the fifth book by renowned author, Tatiana Sheremeteva. Published under an intriguing and provocative title, the book is by no means a series of stories about love and passion or romance. On the contrary, it is a reflection of the author's experiences, portraying her memorable punch lines, aphorisms, cute posts on Facebook, and phrases from her already published stories and novels that are widely quoted by readers, having assumed a life of their own. Of particular relevance is the section that contains Tatiana's critique on works by her fellow authors. The last part of the book is Tatiana's interview, or rather a transcript of the freehearted talk, with Vera Sukhinina, author of the "Lady 40 Plus" Project. "My Personal Collection" is a "digest" of the best writing by author Tatiana Sheremeteva. That's why it has a subtitle — "Magnum Opus".

Татьяна Шереметева
ЛИЧНАЯ КОЛЛЕКЦИЯ
MAGNUM OPUS
Эссе и афоризмы

«Личная коллекция» — пятая книга известного автора Татьяны Шереметевой с интригующим и провокационным названием. В ней пойдёт речь отнюдь не о любовных похождениях или бурных романах. Напротив, книга — это обобщённый опыт автора, содержащий самые яркие её высказывания, афоризмы, остроумные посты в Фейсбуке, выдержки из уже опубликованных повестей и романов, которые разошлись на цитаты и обрели самостоятельную жизнь. Отдельного упоминания заслуживает раздел, в котором приводятся критические статьи писателя на произведения её коллег по литературному цеху. Завершает книгу интервью, а вернее откровенный разговор Татьяны Шереметевой с Верой Сухининой, автором проекта «Леди сорок плюс». «Личная коллекция» — это дайджест лучших текстов автора. И потому неслучаен здесь второй заголовок: «Magnum Opus».

Содержание

Один мой друг-поэт порекомендовал мне эту книгу Татьяны Шереметевой. Его вкусу я доверял и знал, что будет хорошо, но не подозревал, что *настолько* хорошо. Замечательная проза! Лаконичная, ёмкая, остроумная, глубоко прочувствованная, живая. *A must read,* как говорят американцы.

Михаил Сергеев, *литератор, доктор философии, Университет искусств (Филадельфия)*

От автора

Когда-то я завела себе блокнот, который с тех пор всегда лежит у меня в сумке и куда я записываю свои мимолётные впечатления и наблюдения о жизни. Именно поэтому первая часть книги называется «Из дамской сумочки».

Подборка под названием «Проверено на себе» — это тексты, написанные мной на основе личного опыта.

Часть третья «Я не могу короче» — короткие, ставшие популярными выдержки из моих предыдущих книг.

Четвёртая часть — «Я — критик». В ней размещены мои отзывы на книги русскоязычных американских авторов С. Юзефпольской-Цилосани, Е. Литинской и И. Михалевича-Каплана.

И последний раздел «Коллекции» — это интервью со мной. Я выбрала его, потому что оно получилось совершенно неформальным и откровенным. Как это удалось сделать автору проекта «Леди сорок плюс» Вере Сухининой, я не знаю. Но — удалось.

«Личная коллекция. Magnum Opus» — новый, во многом непредсказуемый для меня жанр. Из сотен написанных к этому времени статей, постов, эссе, афоризмов я попыталась отобрать лучшее.

Из дамской
сумочки

Надежда умирает последней, но убить её пытаются первой.

❧

Самый лучший отзыв, который я получила после одного выступления: «Ты так замечательно стеснялась!»

❧

Оказывается, ничто так сильно и навсегда не разводит в стороны нас, глупеньких дурочек, друг с другом, как разница в политических взглядах.

❧

Гласные и согласные — это не буквы. Это мы.

❧

Всю ночь выясняла отношения со своим «внутренним цензором».

Подкуп, лесть, намеренное введение в заблуждение, симуляция деменции и малодушные обещания «больше так не делать» действия не возымели.

У меня дефицит не общения, а понимания.

У хорошей хозяюшки несколько лиц: унитаз, раковина и плита.

Рябина покраснела, и это — как рваные раны среди зелёных листьев. Лето ещё не убито, но уже ранено.

Печальней ситуации, когда книга лучше, чем её автор, может быть только случай, когда автор лучше, чем его книга. Что до моего собственного выбора, то я бы предпочла, чтобы мои книги были лучше, чем я сама.

Человечество делится на Googloводов, Googloведов и тех портянок, которые ещё не оGooglились. А из тех, кто оGooglился, потом вылупляются Googoлки.

Толстые мужчины становятся похожи на женщин.

Старые женщины становятся похожи на мужчин.

Поэтому мужчинам нельзя толстеть, а женщинам — стариться.

Хочу напомнить, что у меня нет комплексов по поводу того, что у меня есть комплексы.

Он был такой тактичный, что даже вопросы задавал с учётом того, чтобы отвечающему было комфортно врать…

Люди всегда говорят о себе, даже когда говорят о других.

Оксюморон. Это когда человек на голубом глазу говорит: «Я человек скромный»…

Самое обидное для человека — это не плохое отношение, а отсутствие отношения. Когда его просто не замечают.

Несчастные женщины вечно руководствуются какими-то высшими принципами. Это для них такой утешительный приз, когда в жизни ни черта не получается, когда не получается главное.

Знаешь, что такое «всё равно»? Это когда уже неохота демонстрировать, что тебе всё равно.

Приятнее всего жалеть женщину, которая сама всего добилась.

Молодость хороша наличием перспективы.
А не-молодость хороша наличием ретроспективы.

С высоты прожитых лет интересно наблюдать, «что у кого было» и «что из кого стало». В этом смысле жизнь дарит нам очень много всего занимательного.

Большинство людей отвечает не на ваши вопросы, а на те вопросы, которые они задают сами себе.

Мы, «рождённые в СССР», в нашей частной жизни привыкли отказываться от настоящего в пользу будущего. Как нас учили.

Тем, кого мы любим, мы готовы прощать плохое.
Тем, кого мы не любим, мы не можем простить хорошее.

И вот наступает возраст, когда единственное, что бывает по-настоящему нужно, это даже не музыка, а тишина.

Муж о книге, которую я ваяю:

— А как она будет называться?

Я:

— «Удавить ненасытную тварь».

Муж:

— Это про жену?

Я (гордо):

— Это про совесть.

Я — певец мелкотемья. И мне это нравится. В советские времена меня, вполне возможно, вызывали бы на заседания парткома и устраивали бы за это выволочку. Я не могу писать о большом. Я пишу о маленьком, незаметном, что у каждого глубоко внутри и что он вряд ли кому покажет. Пробовала писать о крупных, серьёзных проблемах. Неинтересно.

Прочитав мой рассказ «Промискуитет», один читатель написал мне:

«Вы меня обманули! Я думал, что это про любовь, а это про кота».

Интересно. Значит, если про «беспорядочные половые связи» — то это про любовь? И если про кота, то уже не про любовь?

Любой спор — это только лишь война терминов. Потому что слов меньше, чем смыслов. И у каждого человека — свои, сокровенные смыслы.

Комплименты по поводу внешности получаешь в тот момент, когда ждёшь оценки своих умственных способностей.

Раньше дети в парках запускали воздушных змеев, теперь — дроны.
Жаль.

Романа ещё нет. Но уже написано много глупостей.

Я худею. Это означает, что всё время хочется есть — всё, что вкусное и вредное. За корзину печенья и бочку варенья готова продать все военные тайны. Люблю, как никогда, всех мальчишей-плохишей.

Цитата ночи из Фейсбука: «Интеллектуалы часто боятся женщин. А зря».

Сижу в сети: спать не могу, писать не могу, читать тоже не могу.

Хожу по Фейсбуку, пугаю интеллектуалов.

Чувствую себя женщиной.

Всё плохое мы воспринимаем как несправедливые удары судьбы, а любое хорошее — как выстраданное и заслуженное нами.

Я тоже умею писать стихи.

Например: «Ей нравится, что вы больны не мной…»

Подумалось: а что если бы в наших паспортах стояла не только дата рождения, но и дата… Как бы это выразиться эвфемистически?

Короче, когда мы коньки откинем…

Вот так открываешь паспортину, а там дата рождения и дата как раз наоборот — горит синим пламенем…

И ты нормально планируешь свою жизнь, зная, что всё случится не раньше и не позже, а ровно тогда, когда нужно…

Когда-то я удивлялась, почему у старых людей всегда старые собаки и никогда — щенки. Теперь, когда я уже сама немолода, я этому не удивляюсь.

Знаете, а ещё девочки делились на тех, кто надевал под брюки драные колготки, и на тех, кто мог позволить себе этого не делать. Когда об этом я сказала одной своей подруге, она посмотрела на меня долгим взглядом и пробормотала: «…и ещё на тех, кто это делает до сих пор…»

Есть в отечественном кинематографе актрисы, которые мастерски играют совковых хамок. И некоторых из них я не люблю. Потому что мне кажется, что они играют самих себя.

Писать легко, но потом наступает ад. Терзания, переделывания, сомнения. И на каждом этапе я буду говорить себе, что и браться не стоило. И скажите мне, где она, радость творчества?

Когнитивный диссонанс — это когда тебе пишут: «Мне нравиться как вы пишите». Кто найдёт здесь меньше трёх ошибок, тому дальше можно не читать.

Бродский сказал, что человек — это сумма его поступков. И ещё, по-моему, сумма его слов, часто не имеющих никакого отношения к этим поступкам.

Сколько раз я радовалась тому, что смогла удержаться, не сказав того, что могла бы сказать. И каждый жалела, если удержаться не смогла.

У влюблённого мужчины часто становится собачий взгляд. Преданный и чуть виноватый. Вот это и есть момент истины.

Мне нравится обрывать повествование неожиданно, так чтобы читатель сам по инерции двигался бы вперёд и додумывал, что будет дальше.

Иногда я боюсь своих мозгов. Я не знаю, что они могут выкинуть.

Написано мной, в здравом уме и ясной памяти. Кажется…

Почему-то считается, что если женская, то обязательно «головка» и обязательно «хорошенькая», подразумевая, очевидно, что там не извилины, а извилинки и не мозг, а мозжечок. Кстати, справочно: мозжечок — это отдел головного мозга позвоночных, отвечающий за координацию движений, регуляцию равновесия и мышечного тонуса.

— Она всё время говорит, что собирается со мной развестись.

— Успокойся, никуда она не денется.

— Почему?

— Потому что когда действительно хотят это сделать, то не говорят об этом всё время, а просто разводятся.

Когда-то я услышала от одного старика: «Изменяют не потому что *та* лучше, а потому что *та* другая…» И, судя по тону, этот дед знал, о чём говорил.

Всё, что мы сейчас экономим на здоровье, потом мы истратим на лечение.

Даму, пребывающую в приятной для себя уверенности в необязательности соблюдения ежедневных гигиенических процедур, её несчастные коллеги называли «Шанель номер шесть».

Вспоминая свои влюблённости, мы вспоминаем прежде всего свои собственные чувства и переживания.

В умной женщине обычно живёт потенциальная готовность к разводу.

Объективность в человеческих суждениях не существует. Ни вообще, ни в частности и ни в каком виде. Даже в науках, как выясняется, её меньше, чем считалось. Психология, геометрия и $E = mc^2$ мне в помощь.

Прочитала, что надо смотреть не на светофоры, а прежде всего на машины. Потому что давят людей не светофоры, а автомобили.

Примерно то же можно сказать, когда мы обвиняем в чём-то жизнь. А жизнь ни в чём не виновата, она лишь тот же светофор. И давят друга друга люди.

А жить хочется и в нашем возрасте, но, что характерно, совсем не так, как в молодости.

Ахматова писала, что не всякий хороший поэт может писать хорошие стихи. Мне кажется, что то же самое можно сказать и о писателях, художниках и прочих людях искусства. Это как в пении: у человека есть внутренний слух, а спеть он не может.

В своём знаменитом тесте: «Чай или кофе? Собака или кошка? Пастернак или Мандельштам?» — Ахматова, на мой взгляд, умолчала о главном: «Цветаева или Ахматова?»…

В 60 лет он всё ещё вспоминал, что хорошо учился в школе и окончил институт с красным дипломом. Больше вспоминать было нечего.

Возвратившись домой, мы часто терзаем себя за то, что мы сделали или сказали не так, вместо того чтобы с удовольствием вспоминать о том, где мы побывали и с кем там встречались. И готовы никуда не ходить и ни с кем не видеться, только чтобы потом не мучиться. Уже не помню, я ли это придумала или прочитала где-то: «Избегание неудач не делает человека счастливым».

Когда одна деловая дама вдруг начала мне рассказывать о том, как много в её доме красивого постельного белья, я поняла, что ей очень хочется замуж.

Мои опечатки: «Оторваться — отовраться, писатель — питатель…»

Знаки зодиака все хорошие. Это люди разные.

Вопрос к немолодой паре на регистрации в гостинице: «Вам номер с одной кроватью или с двумя?» Тяжёлая пауза мужа в ответ и пристальный взгляд жены, устремлённый на него.

Когда он купил для своего дома дорогую настольную лампу, любовница поняла, что ей уже ничего не светит…

Она застукала любовника с женой и настучала на неё любовнику жены.

«Главное в жизни — это правильно выбрать приоритеты», — любила говорить одна моя знакомая, женщина глупая, но прекрасно устроенная. И я не могу с ней не согласиться.

Время не лечит. Люди привыкают к своему горю и сживаются с ним, как человек привыкает жить без ноги или руки.

«Так похоже на Россию, только всё же не Россия», — он слушал песню, и ему тоже хотелось красиво тосковать по родине. Но родина такого шанса предоставлять ему не хотела.

Сочувствуешь в душе какой-нибудь бабушке, а потом выясняется, что она на десять лет моложе тебя и всё у неё замечательно. Обидно.

Об уверенном в себе, импозантном мужчине: «У него был не бархатный, а велюровый голос».

Обычно человек соглашается с тем, что он дурак, с гордостью самоотречения.

Начиная с определённого возраста, отсутствие неприятностей воспринимается как «простое человеческое счастье».

Говорят, что реальность дана нам в ощущениях. И многие уверены, что если они не в силах увидеть, услышать или понять чего-то, то этого не существует вовсе. Как микробы. Или как чёрная дыра.

Человеком обычно брезгуют больше, чем собакой или кошкой.

О женщине, потерявшей надежду: и слово «если» в мыслях о своём будущем она уже поменяла на «когда».

Чем старше я становлюсь, тем с большей нежностью относусь к собственным прегрешениям, совершённым в молодости.

Как проговаривается язык.

Например, мы говорим «попить чаю», но «выпить водки». То есть язык чувствует разницу между действием, нацеленным на приятный процесс («а давай попьём чаю»), и действием, нацеленным на результат («выпей сто грамм для храбрости»).

Бывают дружбы как брак: они могут длиться всю жизнь. А бывают — как роман: они внезапно вспыхивают, проживают своё начало, кульминацию и драматический финал. И потом, даже много лет спустя, сладкой болью отзываются в сердце.

В человеке, говорят, есть что-то от Бога и что-то от зверя. Не готова согласиться. Потому что если бы в человеке было что-то от зверя, то к Богу он был бы намного ближе.

«Разбитую вазу не склеишь» — это так. Но человеческие отношения — не фарфоровая ваза. Это живая ткань. И мы, по сути, только и занимаемся тем, что склеиваем самые разные осколки нашей жизни.

Для того чтобы в ускоренном темпе пройти путь от стервы до узамбарской фиалки, женщине иногда достаточно просто по уши втрескаться.

Я знаю одного успешного человека, который ещё в третьем классе написал в сочинении, что хочет стать зампредрайисполкома по распределению жилой площади.

Там, куда мы уходим, звёзды светят всегда.

В августе цветы вбирают в себя холод утренних рос.

Собака в наморднике делает независимый вид и старается не замечать своё унижение.

Одно из самых сиротливых ощущений: вот стоит человек в здоровой очереди в кассу в предновогодние дни. У всех в тележках игрушки, открытки, всякие новогодние штучки. И он находится тут же, среди этих людей, и понимает, что ему покупать подарки уже не для кого.

Бывает, что «без ложной скромности», а бывает, что и «с ложной скромностью».

Премудрости жизни постигаются по-разному: можно смотреть, слушать и знать, а можно видеть, слышать и понимать.

Есть люди, которые верят авторитету научных степеней и должностей больше, чем самим людям. И в магазине доверяют не столько себе, сколько информации на этикетке. И потом очень удивляются, когда ошибаются в людях или вещь не подходит им по размеру.

***

Порядок облачения в одежду у мужчин и женщин, как правило, различается. Мужчины начинают с низа, женщины — с верха.

Причина очевидна и не требует комментариев.

***

Не люблю металл и стекло: они меня пугают. Люблю дерево и ткани — они тёплые и живые.

***

Любовь делает человека уязвимым и, как следствие, мнительным.

***

Её считали дурой, с чем были категорически не согласны её четыре зуба мудрости. А за меня заступиться уже некому.

Пока мы в транспорте машинально уступаем место «старшим», о своём возрасте можно не беспокоиться.

Если ты не знаешь логарифмы, то тебе это все, кроме школьного математика, простят, но, если ты не читал Бунина, тебя будут презирать.

Разговор между подругами: «У меня было такое хорошее плохое настроение. А ты его испортила…»

Безмятежность — ощущение, напрочь изгнанное из нашей повседневной жизни, — есть идеальный баланс между желаниями, возможностями и отсутствием страха потерь.

Если начинаешь себя спрашивать, нужно ли тебе что-либо или нет, значит, уже не нужно.

Очевидная и безусловная вина — это как захлопнувшаяся дверь, от которой нет ключа.

Как сытому трудно понять голодного, так обладающий знаниями при общении не думает о том, что кто-то может ими не обладать.

Он ещё не начал боевых действий, а она уже сдалась.

Люди с гордостью рассказывают о том, что они любят. И ещё с большей гордостью о том, чего они не любят. Например, поэзию Бродского или рыбный суп.

Неправильно, что расстояние не лечит. Оно делает своё, часто полезное дело.

Блондинка в аэропорту много курила и пила. На выходе из самолёта надела чадру и взяла в руки Коран.

Творчество — это продукт жизнедеятельности человека.

Находить верные смыслы безотносительно своей собственной персоны значительно проще.

А ещё мы любим своих зверей за то, что они всегда воспринимают нас всерьёз.

Когда я была юной девой, самое большое несчастье моей жизни были ноги. Они не умещались в транспорте, не вмещались в колготки, вызывающе торчали из-под любых юбок. Я их ненавидела и мечтала о лекарстве для их укорочения… А потом вдруг молодость прошла, и началось счастье, высокие каблуки и наглая ложь про 180 см. Хотя во мне всего-то 178…

Она дождалась времени, когда особенности её внешности пришли в гармонию с особенностями её возраста.

Моя опечатка почти по Фрейду: жест отчаяния — жесть отчаяния.

Садясь за руль, женщина сразу отвоёвывает себе право на самостоятельность и даже маленький бунт на корабле.

Все страсти по уходящему лету свидетельствуют о том, что мы по-прежнему маленькие дети. Мы страдаем, потому что «каникулы закончились и нужно идти в школу».

Форма и суть играют в свои игры и смеются над нами. Никогда и никому не способны мы простить пусть самые верные слова, высказанные в форме, которая нас не устраивает. И чаще всего мы помним не суть, а форму, в которую она была облечена.

В противостоянии «что» и «как» убедительную победу одерживает «как».

Всё плохое воспринимается нами как несправедливость или в лучшем случае как ошибка судьбы.

Обожаю, когда в переполненном нью-йоркском метро один афроамериканец (буду политкорректной), протискиваясь сквозь толпу, обращается к другому афроамериканцу, стоящему на проходе: «Сэр!»

«Чем счастливее люди живут, тем проще они одеваются». Интересно, а наоборот это работает? В том смысле, что чем проще одеваешься, тем счастливее будешь?

Что же лучше? Ломать себя и ползти вперёд или уважать себя и слушать своё настроение? Когда ползти уже никуда не хочется…

Давно заметила, что люди, сообщая о своей исключительной брезгливости, делают это обычно с гордостью.

Вот я и говорю: если среди нас, умных людей, столько идиотов, то что же тогда среди остальных?

Люди, которые никогда и ничему не учились, обычно считают, что для того, чтобы преуспевать и занимать ответственные посты, наличие образования совершенно необязательно.

Гендерное:
Если один, то самодур. Но если несколько, то не самодуры, а самодураки.

Может быть, самое умное — это как раз какие-то вопросы оставить без ответа.

Личная неприязнь, замешанная на классовой ненависти, объединяет людей сильнее многого другого.

Так называемые «отношения между полами» — это не только любовь и не столько любовь, а чаще вообще не любовь.

Самое несправедливое и жестокое применительно к собакам — это то, что они так мало живут. И каждый собачник, всем сердцем привязываясь к своему псу, совершает подвиг любви, понимая, что через десять–двенадцать лет его друг уйдёт по радуге…

Когда ты можешь сказать о себе «это было тридцать лет назад», жизнь приобретает новое качество.

Время от времени меня посещает тревожная мысль, что в четырнадцать лет я была умнее, чем нынче.

А теперь, мой маленький дружок, я расскажу тебе, что такое «фейсбучная» зависимость. Это когда ночью ты выбираешься из постели и идёшь к компьютеру, потому что понимаешь, что в своём очередном послании urbi et orbi ты пропустил запятую.

В результате тяжёлой и непродолжительной жизни…

Для каждого из нас уже приготовлена своя небольшая бутылочка масла «Аннушка». Оно может называться как угодно, но судьба его всё равно узнает. По аромату.

Не могу понять вот такую вещь: мы удаляем из компьютера текст, он исчезает. Но он не может исчезнуть совсем, как будто его и не было, — по законам физики. Так вот, где эти виртуальные мегатонны текстов и пр., которые мы удаляем, где вообще всё то, от чего мы стараемся избавиться, стереть с жёсткого диска компьютера, головы или же души? Ведь где-то всё это хранится?

Опция в Фейсбуке «забанить» выполняет важную социальную роль, снижая уровень межличностной агрессии. Вот хочется в морду человеку дать, но нельзя. А «забанить» можно.

«Я бы на твоём месте»… Они не хотят на своём месте, они хотят на твоём.

Почему-то всегда кажется, что если фамилия двойная, а тем более сложная, то человек умный.

На мой взгляд, не стоит рассказывать никому о том, чем мы в своей жизни гордимся. Чаще всего со стороны это выглядит или забавно, или как преувеличение, или же вообще как оголтелое враньё.

Есть такая категория женщин, у которых дурная башка, но умное сердце. Вот в таких-то мужики и влюбляются без памяти.

Сегодня, на исходе июня, в день своего промежуточного юбилея, когда на грозно обозначившуюся цифру смотришь просто с весёлым недоумением, ответственно заявляю, что все мои попытки понять жизнь завершились полным провалом. Зато я хорошо готовлю.

«Обонато» на языке одного африканского племени означает «Я существую, потому что мы существуем».

Надо запомнить это слово.

Хотя запомнить гораздо легче, чем сделать это своей жизненной позицией.

Узнала, что в России новогодние каникулы, пожалованные трудящимся для укрепления семейных скреп, называются «бухарики». Народ лучше знает, на что тратить своё свободное время.

Мои любимые знаки — это тире и многоточие.

Тире — очень полезный знак. Его любила Марина Цветаева.

А многоточие, кроме всего прочего, означает, что ставить точку ещё рано…

В этом месте можно было бы жизнеутверждающе, как в школе, показать язык.

Грамматические и, стало быть, ментальные преференции нашего соотечественника: сослагательное наклонение и будущее время.

В настоящем времени да ещё с изъявительным наклонением жить как-то не очень получается…

Принято считать, что мы не знаем своего будущего. Вношу дополнение: мы не знаем не только своего будущего, но и своего прошлого и даже настоящего. Как ушли в «несознанку» при собственном зачатии, так потом всю жизнь и обходимся малым. А кто думает иначе, тот счастливое исключение и мой враг на всю оставшуюся…

Символом России должен быть не серп, и не молот, и не двуглавый орёл.

Наш символ — это грабли.

Намедни за дамской постирушкой подумалось: оппонирующие стороны в дискуссиях на экзистенциальные темы могут особенно не стараться. Жизнь сделает и тех, и других. И найдёт причину посмеяться надо всеми.

Иметь для счастья всё и быть счастливым — не одно и то же.

Вопрос: мы делаем свою жизнь или жизнь делает нас?

Главное про своих родителей я поняла, когда их не стало.

Сегодня вышла по ссылке на статью, где нам рассказывают о том, какой Пастернак был бездарный и что настоящее «наше всё» — это Шолохов.

Увидела в комментариях: «Как хорошо, что за всю жизнь я не прочитала ни одной книги этого Пастернака!»

Я свои грабли люблю. Я их холю, лелею и регулярно на них наступаю, чтобы мы с ними не потеряли форму. И благодаря этому чувствую себя молодой.

А жаль, что сейчас уже не знают, что такое слушать чужое осторожное дыхание и долгое молчание в чёрной эбонитовой телефонной трубке.

Думаю, что больше всего повезло тем папашам, у которых в семье растут дочки.

Ну, представьте большого волосатого дядьку, который проживает свою жизнь в мягком, нежном и уютном женском мире. Там всегда чисто, там хорошо пахнет и там сплошные телячьи нежности.

И труднее всего женщине, которая растит сыновей и проживает свою жизнь в мире мужчин: одного большого (далее можно нанизывать много прилагательных и существительных, кому как нравится) и нескольких маленьких.

Легче не сказать ничего, чем, начав, остановиться.

Бережливой хозяюшке на заметочку: при пользовании предметами домашнего обихода стоит помнить о том, что почти все они переживут нас.

Уезжая из дома на три дня к маме и оставляя мужа на хозяйстве, она каждый раз прикрепляла к своему ключу от автомобиля аварийный брелок, купленный в зоомагазине: «Мой питомец находится в доме один». На всякий случай.

Пафос — это убийца всего доброго и талантливого. Граждане, будьте бдительны.

Заметила, что в Америке тому, что у вас дома нет телевизора, удивятся гораздо меньше, чем тому, что у вас нет собаки или кошки.

У человека, как и у компьютера, главное — настройки.

Есть женщины как безымянный пальчик. Они годятся только для того, чтобы носить обручальное колечко.

Прочитала у Жванецкого, что человек, употребляющий слово «отнюдь», отличается от остальных. Теперь думаю, куда бы его пристроить. Не хочу сливаться, понимаешь, с массой. Отнюдь.

Женщина женщине может простить многое, но только не советы, как ей выглядеть.

В русском языке слова *есть* как «быть» и *есть* как «питаться» совпадают. Причины, на мой взгляд, очевидны.

Будни Фейсбука. Подумалось нехорошее: «Отфрендил в извращённой форме».

Часто знание — это интуиция, помноженная на жизненный опыт.

«Не все девушки одинаково полезны, — сказал людоед, выплёвывая косточку, и, сделав паузу, добавил: — А некоторые так и вовсе такие вредные…»

В раннем детстве я ненавидела охоту. Однажды одна добрая тётенька мне объяснила, что это неправильно. Потому что дедушка Ленин охоту любил. С тех пор я ненавижу и охоту, и дедушку Ленина. Да, и ещё добрую тётеньку.

На самом деле во время семейных ссор спорят не о том, что проговаривают словами, а о том, что умалчивают.

Слово, которое я очень настойчиво извожу из своих текстов и собственного словарного запаса, это слово «очень».

Он сразу определился, что его собеседница — дура, и испытал приступ раздражения. Но потом пришлось признать, что это не так. Раздражение, как давление у гипертоника, резко подскочило. «Уж лучше бы она была дура. Всем бы было приятнее», — подумал он.

Активным пользователям Фейсбука. Время не столько теряется, сколько сфейсбучивается…

Мне кажется, что из всех бесплатных приложений моего компьютера я — самое примитивное и бесполезное.

Писать два романа одновременно — всё равно что иметь два романа. Очень утомительно и боишься перепутать имена.

Нежелание жить и желание умереть — не одно и то же.

Приёмистой может быть машина, электроплита и женщина.

Каждый приличный фейсбуковец должен иметь любимого котика или собаку. Или хотя бы жену.

Иметь в мужьях интересного, успешного и заботливого мужа — это невидимые миру слёзы.

Человек безошибочно, на ощупь, чувствует все линии и точки симметрии на своём теле. Почему и как? Звери, кстати, тоже…

Считается, что при переселении душ недостойные понижаются до семейства кошачьих, собачьих или других зверей. На мой взгляд, это не понижение. И думаю, что удостаиваются этого лучшие, а не худшие.

Меня в принципе удивляет такая постановка вопроса: почему какой-то народ «великий»?! А другие что — не «великие»? У Кундеры всё время встречается «великий чешский народ». Я к чехам, так же как и к другим народам, отношусь хорошо. Но только после этих его слов сразу хочется смеяться. Кстати, сами они про себя, по-моему, так не говорят. Все народы великие. И только «русский народ», сидя по уши в навозе, почему-то тычет другим в глаза своё «величие».

На юбилей Балабанова пишут много хороших и серьёзных статей. Публикуют его фотографии с Бодровым. На мой взгляд, страшный результат воздействия на умы «савецких» людей фильмов «Брат-1» и «Брат-2» можно сравнить лишь с воздействием фильма «Бригада».

«У кошки боли, у собаки боли, а у нашего Вовочки не боли…» Умеет наш народ быть добрым.

Скажите, мне одной хочется поубивать всех парикмахеров или у меня есть потенциальные подельники?

Не гоните февраль. Ему и так не повезло. Он — последний из зимних, его все не любят и ждут, чтобы он поскорее прошёл. А проходит не он. Проходит наша жизнь, будь то февраль или любой другой месяц. И не торопите апрель. Он придёт в своё время, ни днём позже. Но тех дней в феврале нам уже будет не вернуть.

Мандельштам: «Бессонница. Гомер. Тугие паруса. Я список кораблей прочёл до середины…»

Я: «И что же делать дальше? До у́тра далеко…»

Иногда меня упрекают в том, что я слишком много сказала. Но если бы они знали, сколько я не сказала…

Проверено
на себе
TESTED

Обещание

А теперь подними голову и вдохни глубоко-глубоко. Не смей реветь.

Найди на небе звезду и поговори с ней.

Это полезно и для тебя, и для звезды.

Скажи ей, что ты счастливый человек, ведь у тебя есть те, кого ты любишь.

Пообещай той звезде, что больше не будешь откладывать главное на потом, не будешь говорить себе «успею».

Ты не успеешь. Люди никогда не успевают рассказать друг другу о своей любви…

Признание

Сегодня я шла по лесу и думала о том, как же сильно я изменилась внешне. Всё не то, всё не так. А потом мне стало стыдно. И я решила поговорить со своим телом и рассказать ему всё, что я о нём думаю.

Каждому органу и части тела в отдельности, потом всем вместе, а затем опять в отдельности.

Я рассказала рукам и даже каждому пальцу, как я благодарна им за их многолетний труд. Ногам — за то, что они меня ещё носят. Поблагодарила голову за то, что она ещё варит, нервы — за то, что пока на людей не кидаюсь и могу справляться со своими тараканами сама. Я не забыла и те части тела, которые принято называть «интимные». Выразила большую благодарность всем внутренним органам и в конце торжественно подвела итог: моё тело — большой молодец, оно позволяет мне жить, трудиться и радоваться жизни, и я не имею права критиковать его. И я больше не буду этого делать. Никогда. Я буду с ним только дружить.

О перспективе

Наступил новый день, и вместе с ним появилась новая перспектива. И мне опять есть что сказать.

По-моему, это и есть наш маленький секрет, дорогие взрослые тёти и дяди. Тем, кто ещё молод и горяч, этого не понять, потому что у них перспектива бескрайняя и они не догадываются о том, что скорость течения жизни прямо пропорциональна квадрату прожитого времени… Ну, что-то в этом роде. (Математика — это тоже моё слабое место.)

У них перспектива как данность, а у нас — как подарок, как приз, добытый в результате напряжённого, в поте лица, личностного роста.

Короче, всё проходит гораздо быстрее, чем это могло представляться даже при самом мрачном расположении юного духа.

В молодости этого ещё не знают, а мы это уже чувствуем. Это сакральное знание само напоминает о себе — невзначай, мимолётом и мимоходом: так вот даст по голове и побежит дальше как ни в чём не бывало. А ты сиди потом и наматывай на бигуди спрямлённые временем извилины.

Тридцать лет назад в моей жизни разведёнки и одинокой мамаши, проживающей вместе с ребёнком пубертатного периода далеко от отчего дома, главное было — дожить до зарплаты. Денег не хватало, и взять их было неоткуда. Вернее, было откуда — если честно.

Рядом с моим рабочим столом стоял сейф, и там лежали общественные деньги, которые я, как член профсоюза и ответственный за культмассовый сектор, собирала на экскурсии.

Где-то за неделю до долгожданной даты я залезала в «общак» и брала в долг у коллектива. А в зарплату эти деньги возвращала обратно в сейф. Так я жила пять лет. И с большим энтузиазмом выполняла свою общественную нагрузку «культурного сектора». О шкурной природе моего энтузиазма никто не догадывался. А в долг просить мне было западло.

Однажды я грезила наяву о том, что вот ещё четыре дня — и будет нам счастье в виде зарплаты. Я завела глаза к потолку рабочего кабинета и всеми силами старалась приблизить это чудное мгновение.

В те поры у меня был начальник, уже пожилой человек, который навсегда остался для меня одним из самых удивительных людей, встречавшихся мне в жизни.

Я поймала его взгляд и поразилась, с какой грустью он наблюдал моё выражаемое вслух предвкушение нечаянной радости в виде ежемесячной выплаты денежного вознаграждения, предусмотренного КЗОТом.

Мне очень хотелось, чтобы эти четыре дня прошли как можно скорее. А он, улыбаясь, сказал, что ему хотелось бы, чтобы эти четыре дня длились как можно дольше. Потому что они пройдут и жизнь станет на четыре дня короче.

Теперь, спустя тридцать с лишним лет (Неправда! Это было вчера!), я вспоминаю его слова. Ощущение перспективы, как мне кажется, с возрастом меняется. Теперь — это то, что надо в себе воспитывать. И оно вряд ли совпадает с реальным положением вещей. И чем дальше, тем это несовпадение будет драматичнее.

Но вот наступил новый день, и вот она — твоя перспектива. Доступная здесь и сейчас, когда день ещё не закончен. Вполне ещё можно успеть сделать что-нибудь хорошее для человечества или просто для себя. Тоже полезное дело. Устроиться с ногами на диване, забыть о том, что тянет, давит и мучает, — у каждого это есть. Книжка, чай с шоколадкой, любимые кот или собака, просто хорошие слова близкого человека. Наше будущее или наша перспектива рождаются из сегодняшнего дня.

Остановка по требованию

Интересно узнать, где живут (с кем и как?) гига- и мегабайты ярких мыслей и остроумных пассажей, которые сначала заползают в мои мозги, чтобы задержаться там на полминуты, а потом куда-то отползают. Я хочу знать точный адрес. Я имею право. В конце концов, это мои мысли. Специально для них я ношу с собой в сумке блокнотик, но там они не задерживаются. Это для них — остановка по требованию. Но они не требуют.

Он меня не любит

И, кажется, немного презирает. Как-то я ему несимпатична. Сегодня я видела его в припаркованном рядом с нашим домом автомобиле «Ниссан Мурано», на котором он приезжает на работу. Он сидел за рулём, закинув руки за голову. На его лице цвета горького шоколада читалась усталость. На всякий случай я кивком поздоровалась с ним, и он меня, как обычно, не заметил. Но я не обижаюсь, терплю.

До тех пор пока garbage man, ежедневно убирающий у нас в подъезде помойку, может приезжать на работу на своём «Ниссане» и позволять себе не любить кого-то из жильцов, особенно противного на его вкус, за американскую демократию можно быть спокойным. А ещё ведь у нас в доме есть doormen, но о них — отдельный разговор. Единственное могу сказать, что на работу они приезжают тоже на своих машинах. Ну, не на метро же.

Райские яблочки

«Кто варит варенье в июле…» Чудесное стихотворение поэтессы Инны Кабыш. Найдите его в интернете, не пожалеете.

А кто помнит варенье из райских яблочек?

Прозрачные, тёмно-оранжевого цвета, с малюсенькими косточками внутри. Косточки просвечивали сквозь мякоть, а сами яблочки напоминали драгоценности из сказок Бажова.

Такое яблочко брать ложкой рука не поднималась. Рука поднималась для того, чтобы осторожно вытянуть двумя пальцами такое яблочко за длинную ножку из розетки и целиком отправить его в рот.

А потом чай — крепкий, ароматный, тёмно-золотистый, заваренный по-настоящему — в пузатом фарфоровом чайнике с тонким изящным носиком.

Ну что, слюноотделение уже началось?

У меня тоже. Так что пошла я пить свой зелёный чай. Из пакетика. И без райских яблочек.

Динамика

Это то, о чём мы часто забываем и не принимаем в расчёт при оценке самих себя, событий и отношений. В нашей жизни нет ничего статичного. Поэтому мы не можем проецировать наше сегодняшнее состояние на будущую жизнь. Это очень коварная вещь. Набоков говорил, что люди, планируя своё будущее, забывают о такой «мелочи», как смерть, от которой никто не застрахован. Но кроме естественной «убыли» есть и просто изменения в нас самих, развитие или деградация и различные непредвиденные отступления от нашей обычной ментальной или эмоциональной формы. Поэтому прогнозы по поводу собственной жизни — самое неблагодарное дело. Мы не знаем, какими мы будем через несколько лет, как сильно изменимся сами, как нас изменят время и обстоятельства или каковы будут наши жизненные приоритеты.

Я не люблю

Да, я не люблю людей с медленным, неповоротливым умом, с их вечными попытками «сделать как лучше» тогда, когда всё и так хорошо. С их идиотским esprit de l'escalier, когда лучшие шутки приходят в голову после прощания с хозяевами по дороге из гостей домой.

Или когда тебя где-нибудь в недружественной среде (читай наша совковая очередь, поликлиника, магазин и пр.) прикладывают «мордой об стол», а ответить спокойно и с достоинством ты не в состоянии.

Я не люблю несообразительных, не умеющих видеть перспективу событий и отношений. Я хорошо знаю эту категорию людей. Потому что я — сама такая.

И не надо ко мне тянуться

Говорят, что чем значительнее человек, тем более естественно и дружелюбно (это я так избегаю слова «проще») он себя ведёт. Как это верно. А слово «простой» мне не нравится. Нас в детстве упорно учили, что это качество является главным достоинством «нашего человека» (кто помнит, тот поймёт). «Простой человек, простая история, простые истины, простая жизнь…»

А потом советы доброжелателей: «Не усложняй, будь проще, и народ к тебе потянется…» Отличная фраза появилась не так давно. Да вы её, наверное, и без меня помните: «Я не буду проще. И не надо ко мне тянуться».

Многие знания

Многие знания — не только источник многих печалей. Многие знания, на мой взгляд, иногда ещё и причина головной боли, раздражения и желания знать как можно меньше.

Знать и думать — это разные вещи. И для «размышлизмов» знание не всегда полезно. Знание — это готовый продукт, готовый для потребления. Мы, по сравнению с нашими предками, больше знаем, но меньше думаем, в смысле — размышляем. Информированность всё чаще подменяет собой ум, а информированные люди и умные люди иногда никак не пересекаются.

«Упади!»

Прочитала, что во время Олимпиады 2014 г. российские болельщики кричали украинским биатлонисткам под руку: «Упади! Промахнись!»

И сразу же вспомнила, как тогда же шведский тренер менял на трассе нашему спортсмену сломанную лыжу, несмотря на то, что шведский лыжник тоже участвовал в том же забеге.

Сумерки

Самое грустное время суток для меня — от четырёх до шести часов вечера. И летом, и зимой. Зимой это называется просто «сумерки» — странное и тяжёлое слово. Летом — это ещё разгар дня, но всё равно «сумерки» проступают и тогда. Я боюсь этого времени и обычно в эти часы маюсь, даже если очень занята. В моём романе «Жить легко» главный герой говорит о том, что это время суток для него фатально. Он боится этого времени и ждёт от него самого худшего. Я не очень боюсь, но мне в это время часто хочется плакать. И зимой, даже когда дома тепло, мне в эти часы холодно.

Конец дня и конец года… Раньше это был повод для радости, ожидание праздника. Сейчас скорее повод для грусти и тревоги. Наверное, это то, что отличает молодость от немолодости.

Реванш

Знакомство с историями «роковых женщин» приводит к выводу о том, что закономерность их восхождения — это, как правило, несчастливое детство, комплексы, бедная юность, желание взять реванш. Если посмотреть на истории успешных мужчин, то часто мы видим то же самое.

Хотя в той или иной мере мы все берём реванш у жизни — и те, кто признаётся в этом, и те, кто не признаётся. И редко у кого бывает безоблачное детство, и мало кто избавлен от комплексов, ну а бедность в юности часто затягивается на долгие годы.

Мы — реваншисты. У каждого есть свои счёты с прошлым.

Новое слово

О, великий и могучий русский язык, спасибо тебе за твоё долготерпение! Знакомьтесь: новое слово — *сисруйка*. Оно образовано совсем не от того глагола, о котором мы подумали.

Это прозрачная или в сеточку (see through) маечка или кофточка.

Так что с новым красивым словом вас, уважаемые любители и знатоки русского языка.

Это случилось очень холодным утром

Нью-Йорк. Иду сегодня по улице. Ветер ледяной сбивает с ног, снежные завалы, холодина. Впереди меня идёт чернокожий парень, негр по-нашему, с собакой. Одет кое-как. Из тёплых вещей — бейсболка и длинный шарф.

Собака мёрзнет, плачет, прижимается к нему. Парень снимает с себя шарф, обматывает им своего отнюдь не маленького «собачениса», получает длинный свёрток, похожий на сосиску, берёт эту шерстяную сосиску на руки и несёт.

Я читаю «Сноб»

Регулярно. Но понимаю, что сама никогда там писать не буду. Потому что они меня сожрут. И на косточках моих «потанцusers».

Самого читаемого автора Арину Холину я заинтересованно не люблю.

То есть не хочу её читать, а читаю. Тоже, наверное, какие-то «латентные» (любит Арина это слово) механизмы включаются. Но не те, которые она подразумевает.

Включаются механизмы отторжения. Хотя понятно, что это «вкусовые пристрастия», не более того. И вообще, личное дело каждого.

Но. Я хочу, чтобы мужчины оставались мужчинами. Со всеми своими достоинствами — в прямом и переносном смысле слова — и с огромным количеством мужской дури, которой нам, романтическим девам, часто не понять. Я хочу, чтобы было то, чего мне не понять. Я хочу, чтобы была другая планета под названием мужчина, а не моя подружка Виталик.

Контрастный душ

Это если после Ницше засесть за философию Веллера. Весело, просто, много хулиганства. Я люблю его философские труды так же, как не переношу его беллетристику и его придурковатого майора Звягина. Прости меня, Михаил Иосифович. Зато я говорю правду.

Один из самых трудных, непостижимых для человеческого разума вопросов есть вопрос осознания своего небытия после кончины. Оба говорят о том, что постичь мир без самого себя человек не в состоянии.

Но, возражаю я, мы очень даже легко представляем мир до нашей жизни. Мы вполне комфортно себя чувствуем, мысленно путешествуя по прошлым временам, эпохам, где нас ещё нет, и это ничего не меняет. Мы с увлечением читаем, фантазируем, изучаем мир, который был до нас. И, как правило, это у всех получается. Значит, с такой же лёгкостью можно представить и мир после нас. Ничего, ничего не изменится. Л.Н. Толстой писал: «И будут те же берёзы и те же грибы, с прилипшей к ним травинкой на шляпке…» — цитирую по памяти. Всё будет точно так же. Но нас уже не будет. И, увы, очень мало кто, а может быть, и никто этого не заметит. Это уже как кому повезёт.

Старая фотография

Давно, 90-е годы. Прикидывается ручной кошечкой моя любимая подруга Ирка Королева. Да, та самая, из «Маленькой Луны». Последняя фотография тех лет. Позади сумасшедшая дружба, впереди — двадцать с лишним лет разлуки. Мы ещё не знаем, что она станет миллионершей, взлетит на самый верх, переживёт несколько зубодробильных романов и потеряет почти всё. И не догадываемся, что я потеряю почти всех, а потом уеду в Америку и начну писать книги.

Хорошо, что человеку не дано знать своё будущее.

Пятая колонна

«…Она сидела за столиком кафе на самом проходе…

Мимо неё пробегали официанты, почти задевая подносами её растрёпанную голову. Она смотрела в свой высокий прозрачный стакан и, казалось, внимательно считала ягоды шиповника, которыми он был наполнен. Чай был горячим, её сдвинутые пальцы крепко обнимали стеклянные стенки.

Ещё немного — и она возьмёт свою большую чёрную сумку, больше похожую на мешок, поднимет шерстяную шапку, упавшую на пол рядом со стулом, и затеряется в плотной толпе людей, которые медленно двигались по бульварному кольцу.

Он коротко выдохнул, как перед рюмкой водки, встал со своего места рядом с окном и подошёл к ней.

Она тряхнула головой и, чуть усмехнувшись, взглянула на него. Как будто знала, что он должен был подойти.

Он вовремя понял, что лучше не врать, поэтому сделал то, что хотел. Поднял с пола её шапку и сказал:

— Я боюсь, что вы сейчас уйдёте. Как вас зовут?

Она по-детски съёжилась, и волосы её почти закрыли стакан. Помолчала.

Потом выпрямилась, откинулась на спинку стула и решительно, как будто сжигала за собой мосты, призналась:

— Меня зовут «Пятая колонна». И я зашла сюда погреться. Сейчас я опять пойду к ним, — она кивнула в сторону толпы демонстрантов за окном.

— Господи, вы даже не представляете, какое это счастье! А я — «Белоленточник и национал-предатель…»

Это не отрывок из романа. Просто случайная фантазия о том, как могло бы выглядеть знакомство весной 2012 г. Придумано было тогда же, в «Шоколаднице» на Гоголевском бульваре в Москве.

Закон бутерброда

Попробовала изучить законы Паркинсона в книжном варианте. Толстенная серьёзная книга, ничего общего с тем, что мы обычно думаем про «бутерброды маслом вниз» и «всё будет ещё хуже, чем вы думаете». По-моему, в этой книге всё больше научно, чем популярно. И это делает ей честь.

Миллиметровка

Почему-то именно мелочи глубже всего врезаются в память и заставляют мучиться и их стыдиться. Крупные, глобальные события требуют совсем другой системы координат на нашем эмоциональном поле.

Всё это похоже на бумагу для черчения, которой мы пользовались в школе.

Там есть совсем мелкие миллиметровые клеточки, есть крупнее — сантиметровые, и есть дециметровые квадраты.

Ничтожные, казалось бы, эпизоды сидят в своих миллиметровых гнёздах. И как больно они жалят, как много раз заставляют к ним возвращаться...

Вот я почти тридцать лет назад. Совсем недавно. Это раньше казалось, что двадцать или тридцать лет — огромный срок, теперь я знаю, что это совсем немного. Я уже четвёртый год в командировке за границей, очень стараюсь и горжусь собой и потому с удовольствием тороплюсь с обеденного перерыва на работу. Навстречу мне идёт полненькая мамочка с сыном-первоклассником. Обоих я знаю, они тоже командированные. Их папа преподаёт физкультуру в нашей школе и делает это очень хорошо. Они из глубокой провинции, робкие, очень вежливые и симпатичные. Как попали на такое блатное место — не знаю. Я прохожу мимо, делая вид, что не замечаю их. Почему — ответа нет. И за спиной слышу удивлённый вопрос мальчика: «Мама, а почему тётя с нами не здоровается?» И тихий голос матери: «Тётя нас просто не заметила».

Мне ужасно хочется догнать их и сказать, что тётя всё заметила, что тёте очень стыдно и что она «больше не будет». Тётю ведь саму часто унижают вот так же ни за что, просто для того, чтобы место своё помнила, а теперь она решила отыграться на маленьком мальчишке. Но я почему-то молча иду дальше. И единственное, на что я могу надеяться, так это на то, что мальчику на его пути за эти тридцать лет встречались и другие, более умные тёти. А я с этим камнем на душе буду и дальше бодро шагать по жизни.

Как я не ходила в баню 31 декабря

Не каждый год 31 декабря и чаще всего без друзей я иду, но не в баню, а в парикмахерскую. Мне кажется, что от этого моё вступление в новый год будет более торжественным и красивым. А традиционную предновогоднюю помывку я провожу в душе. Наверное, как и вы.

Это не реклама. Я специально не стану указывать адрес моего салона. Он самый обычный, никакого гламура, цены вполне божеские, расположен на 40-х улицах Манхэттена. У меня там есть любимый мастер — Джейд. Она из Гонконга, её маленькая дочь уже пишет детские книжки и выкладывает их на Амазоне. Поэтому во время покраски-стрижки мы говорим с Джейд в том числе и о нелёгком «писательском ремесле».

В этом салоне не только стригут, красят и делают красивые причёски. Они там поют. Причём так, что когда я первый раз услышала, как поёт Джейд, то подумала, что это профессиональная запись. Она сидела за пианино, аккомпанировала себе и пела низким мягким голосом «Killing me softly» — в ожидании, пока прокрасятся у меня волосы. Я как прилипла к этому пианино, так и простояла рядом все сорок минут с краской на голове. Пианино находится в зале, и играть на нём может любой из посетителей или самих мастеров. А мастера самые разные — и афро, и азия, и белые, и латины — полный набор. Ничего специального, никаких зазывалок. Среди них просто много музыкальных людей, и они очень любят петь.

В этот раз я увидела новую девочку-администратора. Её зовут Джессика. Грациозная, фарфоровая, необыкновенно красивая азиаточка. И вот я слышу мелодию: «Unbreak My Heart». Музыка идёт в записи, а потом она начала петь. Боже мой… Как она это делала! Сначала она пела сидя, потом встала и, откинув голову, запела уже в полную силу. Откуда столько сумасшедшей силы, откуда такой божественный голос? Я опять выскочила из своего кресла. Джейд смеётся, говорит, что так я уйду с интересным результатом на голове. Но было не до результата! Я бросилась фотографировать, потому что это было необыкновенно.

А после и Джейд села за пианино тоже. А потом она и красавец-мачо кубинец Дио немножко потанцевали. И это было замечательно.

На прощание я всех расцеловала, потому что я их и так люблю, а в этот раз, благодаря им, этот последний день уходящего года навсегда останется в моей памяти как праздничный, необыкновенно красивый, наполненный человеческим теплом. И оказалось, что для этого даже необязательно было идти в баню. В конце концов, я туда всегда ещё успею. Когда пошлют.

Муфточка

Попробовала вспомнить прелесть восьмого зимнего дня после Нового года — из чего эта прелесть состояла.

Стало быть, это когда: на улице морозище (тогда было так), а дома трещат батареи, очень тепло. Узор на окнах. Можно приложить пятачок и сделать «глазок».

Под спиной — две подушки, под тощим задом — диван. На животе — том Джека Лондона.

По телеку идёт мультик «Снежная королева». Одно другому не мешает.

Только жаль, что «Белый клык» уже заканчивается, зато впереди ещё весь Мартин Иден. Пусть по третьему разу, но каждый раз со скупой слезой пионерки.

Рядом с подушкой на пледе — тарелка. На ней овсяное печенье, кусок пирога с капустой, батончики «Рот Фронт», самодельное пирожное «Картошка» из ванильных сухарей.

Хочется на минутку в туалет, но лень вставать и тащиться через большой коридор нашей коммунальной квартиры. Призрачно мерцает надежда, что, может, оно само рассосётся?

Родители на работе, в школу идти не надо.

Младший брат лепит из пластилина батальные сцены из Бородинского сражения. И мне кажется, что это замечательно. Я знаю, что если Русь, то «святая», если война, то «священная», а сама я — председатель совета отряда и член чего-то там ещё. Впереди большая и натужная работа мозгов, которая не завершила свой скорбный труд до сих пор.

Но это будет потом.

И только мысль о том, что через два дня каникулы закончатся, пытается отравить жизнь. Я вздыхаю и иду в туалет, потом прибегаю назад и снова запрыгиваю на диван. И опять на животе книжка, на экране маленькая разбойница, прощаясь с Гердой и гордым оленем, пытается скрыть слёзы и всё-таки забирает муфточку себе. Рядом — тарелка. Я запихиваю в рот пирожное и, подумав, заедаю его пирогом с капустой.

Муфточку, как у Герды, хочу до сих пор. Но уже не из звериной шубки.

Согласна только на искусственный мех.

Сегодня ночью я опять писала стихи

У них была негромкая щемящая мелодия, строчки были короткими, в каждом абзаце было по шесть строк.

Каждое слово, как капля утренней росы, падало прямо в человеческую душу.

И душа человека отзывалась и тихо благодарила за эту радость.

Я дописала стихотворение, прочитала его и заплакала.

Очень трудно было поверить, что в этот раз у меня получилось.

Я так долго мечтала об этом.

На часах было пять утра. Я уже не помнила те стихи, но ещё видела, как они выглядят на бумаге, различала более короткие строчки в каждом шестистишии.

Этот сон — из тех, что я вижу регулярно. Когда он ко мне приходит, я счастлива. Только очень грустно каждый раз просыпаться и понимать, что то, что было возможно во сне, не повторится в жизни.

Я иногда думаю о том, где же находится то хранилище стихов, которые приходят ко мне во сне. И вообще, где тот молчаливый и прозрачный, непостижимый для нас мир, где мы по-настоящему страдаем и радуемся, где не боимся открывать свои самые потаённые мечты, где мы чувствуем себя детьми, где мы можем обнять тех, по кому тоскуем.

Закончилось утро, наступил день и его обычные заботы.

А я боюсь расплескать в себе это ощущение счастья: я знаю, что могу писать стихи, пусть даже только во сне.

Цена победы

Когда-то цена победы не имела для меня особого значения. А теперь имеет, стала замечать я внутри себя.

Я не о том, плохо это или хорошо. Я о том, как много изменилось с тех далёких пор. Наверное, это возраст. Или переоценка ценностей. Или ещё что-то.

Я вспоминаю свою прежнюю жизнь.

Километры нервов, намотанных на ржавую бобину самолюбия, честолюбия, амбиций, экзистенциальных обид, необходимости самоутвердиться, доказать, что ты тоже можешь, что не хуже, что ты добьёшься, несмотря на и вопреки всему.

Поела или не поела, что поела, как поела… Господи, да какая разница!

Грипп, температура с утра 38. Вставать половина пятого, полчаса на то, чтобы превратиться из опухшей макаки почти в красавицу.

Ещё чуть-чуть на то, чтобы запихнуть в себя «Сырок ванильный», цена 19 коп. Редкая, кстати, гадость. И запить его сладким чаем.

Это сейчас я не употребляю в пищу сахар и не ем сладкого, солёного, копчёного, жареного и вообще мало что ем. А тогда — да какая разница?

Потом полтора часа на дорогу. Болит всё, и по спине бежит уже не пот, а какая-то горячая вода. Плевать! Только вперёд — сквозь пот и кровь и выбитые зубы. Цель оправдывает средства.

Цель есть, она — главное, что подчиняет себе всё. Ради этого стоит вставать половина пятого, чтобы полвосьмого сидеть в аудитории. А потом дуть на работу.

Нужно успеть сделать очень много в условиях, когда всё против тебя и когда вера в собственные силы и уважение к себе практически на нуле.

И хилый росток этого уважения каждый день так и норовит загнуться на корню.

Зато цветут, покачивая махровыми соцветиями, комплексы. По поводу чего? По поводу всего: всё не то, всё не так.

Всегда нравилось, когда мало тела и огромная шевелюра — так, чтобы до пояса. А получилось как раз наоборот.

И чтоб ещё на руках носили и говорили бы: «Моя маленькая»…

Да кто ж меня, такую, удержит? Добровольцы, шаг вперёд! Я хочу посмотреть вам в глаза…

Хотелось маленький, изящный носик, а он торчит, гад, и виден практически со спины.

Размер ноги — это же суровое и короткое «Нет!» от всемирного профсоюза дизайнеров модельной обуви.

Никогда не надеть мне изящную туфлю тридцать пятого, ну хотя бы тридцать седьмого размера. Ну, разве что на нос.

Дальше волосы: не того цвета, не той длины и не той густоты.

Глаза, рот, уши, руки, коленки, живот. Интим вообще не предлагать! «Уйдите все, я же стесняюсь своего тела!» и т.д.

Сейчас я иногда думаю: «Господи, а уши-то чем провинились? Чем они-то мне тогда не нравились? Нормальные, среднестатистические уши, впрочем, как и ноги. Впрочем, как и всё остальное».

Я давно уже спокойно смотрю на себя в зеркало, а временами даже себе нравлюсь.

Меня теперь всё устраивает, и я не хочу менять форму носа или делать силиконовый бюст. Мне теперь себя жалко.

И когда речь идёт о решении моих проблем, я думаю о том, чего мне это будет стоить. Цена вопроса сейчас становится важнее, чем результат. Любой ценой я уже не могу, мне тогда вообще не надо.

Поэтому малодушно прошу силы небесные дать мне шанс не рвать больше жилы ради каких-то побед, а дать возможность просто жить.

Здоровье и благополучие любимых людей — это, пожалуй, единственное, где цена победы по-прежнему уходит на второй план.

А всё остальное — бог с ним. Многое из того, что когда-то казалось таким важным, сейчас уже совсем необязательно.

Жаба

Дело было в китайском магазине, куда мы с мужем приехали за грибами и зелёной редькой (редиской?) — продуктом, на мой вкус, совершенно несъедобным, но который мужу нравится.

У дверей в контейнере с водой сидели огромные, величиной с белку, тёмно-зелёные жабы. Их было штук тридцать. Они не пытались выпрыгнуть из воды, не плавали, только иногда переглядывались друг с другом. И вдруг одна из них подняла свои жабьи глаза и заглянула мне в душу.

В душе моей, кроме обычного неизбывного чувства вины вообще (мой запрос «Как избавиться от чувства вины» Гугл, который про меня знает всё, выплёвывает мне ещё до того, как я начну набирать слово «как»), неудобно зашевелилось чувство вины перед этой жабой.

Половину магазина занимает рыбный отдел. Там, кроме рыбы, есть ещё все морские гады, включая разнообразных живых особей с клешнями и земноводных в виде лягушек или жаб.

Моя жаба посмотрела мне прямо в глаза — скорбно и по-взрослому. Шутки кончились, она понимала, что обречена.

— Неужели её тоже сожрут? — спросила я пустое пространство перед собой, хотя понимала, для чего здесь всегда стоит этот огромный чан с лягушками.

— Естественно. Ты разве не знала? Они же едят всё, что движется, — неполиткорректно отреагировал мой муж.

Я не знала, вернее, не хотела этого знать и потому каждый раз старалась побыстрее пробегать мимо медленно разводящих связанные резинкой клешни бурых омаров и прочих крабов, малоприятных глазу, но таких красно-красивых и вкусных под соусом на блюде.

Если бы эта жаба не посмотрела мне в глаза, я бы опять проскочила мимо, не давая себе задуматься о том, что там — в тех чанах и контейнерах — идёт своя невесёлая жизнь.

Может, они прощаются друг с другом? Может, вспоминают свою жизнь на воле? Может, готовятся достойно принять свой скорый и мучительный конец?

Теперь-то мы знаем, что всё-всё живое, включая деревья и цветы, имеют свой разум и душу, способность сопереживать и предчувствовать. Просто они другие, не такие, как мы. Черепахи помогают друг другу встать на лапы, переворачивая опрокинутый панцирь подруги, маленькие мышки ластятся к котам, а лягушки, сидя в обнимку, сжимают тонкие лапки друг друга.

А ещё есть цыплята, утята, ягнята и крошечные поросята. Они радуются жизни, потому что ещё не догадываются, зачем появились на свет, что они не звериные дети, а только лишь наша пища.

И они, глупые, хотят, чтобы их не только кормили, но и любили, и сами они тоже готовы любить. И между собой вся эта малышня договаривается намного лучше, чем мы, человеческое племя.

То, что делает человек с природой, не имеет названия. Цивилизованный мир не может жить так, как мы. Мы не имеем права пожирать вокруг себя «всё, что движется».

Пишут, что ведутся активные работы по созданию полноценного искусственного белка, который смог бы заменить нам животную пищу. Скорей бы.

Я желаю всем жабам долгой и счастливой жизни на любимых ими болотах. Чтобы Бог послал им не одну тысячу головастиков и чтобы у каждой из них был бы свой возлюбленный жаб, который нежно держал бы свою царевну-лягушку за тонкие пальчики как в период сезонной половой активности, так и в период спячки.

Я хочу, чтобы люди прекратили пожирать птиц и зверей, может быть, тогда они перестанут так кровожадно относиться друг к другу.

Мы не должны быть угрозой всему живому, созданному не нами, а чьей-то доброй волей.

Дельфины — добрые, умные и доверчивые — уже в двух странах признаны личностями. Думаю, что скоро такими же личностями признают и других животных. Люди научатся не только истреблять и поедать всё сущее, но и уважать недоступный нашему пониманию язык других существ, которые имеют точно такое право на жизнь, как и мы.

Чтобы снизить градус и закончить на менее пафосной ноте, отвечаю на вопрос, который закономерно может возникнуть. Да, в воскресенье мы приглашены на барбекю, то есть на шашлыки, попросту говоря. И для меня это тяжёлое испытание. И когда муж придёт с работы, мне надо будет, как и положено хорошей жене, встретить его в кокошнике, с хлебом-солью в руках и чем-нибудь более существенным на плите.

Зато мой собственный рацион вполне сравним с тем, что ест кролик. И то, что я ем, мой муж давно называет не едой, а «кормом».

И у меня даже есть маленький повод для гордости: никогда в нашем доме не было сожрано ни одной жабы.

Чего и вам желаю.

Обратный билет

Акт прощения — одно из самых важных условий сосуществования людей, поступок возвышенный и требующий от прощающего великодушия.

На мой взгляд, есть прощение и есть извинение.

Попросить извинения несложно, умные люди часто делают это во избежание затяжных ссор или конфликтов. И извиниться всегда есть за что, потому что не бывает так, что во всём виновата только одна сторона. В чём-то, пусть не по существу, а по форме, как правило, виновата и другая.

И, собственно, я вообще не об этом. Не о тех мелких недопониманиях и обидах, с которыми мы сталкиваемся в нашей ежедневной жизни и где мы воспринимаем себя или пострадавшей, или виновной стороной.

«Прости», — так говорят в тех случаях, когда вина человека неопровержима и часто — непоправима. И что это означает? Означает, что сначала кто-то причинил кому-то страдания, а потом говорит: «Прости». Другими словами: «Да, я это сделал. Но! Я всё осознал, меня очень мучают угрызения совести, и ты должен меня понять. Ты должен меня понять и снять с моей души камень — то есть простить меня. И тогда мне будет намного легче жить: я не буду чувствовать угрызений совести, не буду бессонными ночами мучиться по поводу того, что же я такое сотворил. Мне снова, как и раньше, станет жить легко и приятно, потому что ты меня простил. А то, что твоя жизнь теперь изгажена, так теперь ничего уже не поделаешь. Так получилось».

То есть мало того, что человеку — выбирайте что нравится: изломали его жизнь, унизили, предали, разрушили семью и далее по списку, так он ещё должен войти в положение сотворившего это и простить его, чтобы тот не мучился.

Я не раз думала: а как поступить правильно в таком случае?

Вероятно, нужно признаться, что всё поняла, что сама в ужасе от свершённого, что сама мучаюсь и переживаю. Но не просить, чтобы меня за это простили. Не выпрашивать себе обратный билет в прежнюю, счастливую жизнь. Потому что этой прежней жизни уже не будет, даже если мы будем делать вид: «А что, собственно, произошло? Ничего особенного. Меня же простили!»

Это дорога в одну сторону, и не дай бог нам в нашей жизни когда-либо сесть на тот поезд.

И я здесь не только и не столько о романтических отношениях. В жизни кроме них больше чем достаточно серьёзных ситуаций, при которых просить прощения не очень уместно. Или ещё хуже — когда просить прощения уже не у кого.

Вот такие мысли посетили меня на данный момент вроде бы и без какого-либо конкретного повода. Просто вспомнилось… Хотя зачем я вру? И это тоже — «проверено на себе».

Большая собака

У каждого есть какие-то воспоминания, которые не отпускают и мучают всю жизнь. Что с ними делать, непонятно. Они не уходят, не уплывают, не рассасываются. Они тихо прячутся где-то в дальних закоулках души, но время от времени ярким всполохом режут по глазам, по сердцу и по совести.

У меня таких воспоминаний много. К сожалению. И с этим мне жить до конца отмеренного срока.

Вот одно из них — пришло сегодня утром и мучает. И я малодушно пишу в надежде на то, что станет легче.

Это было в Москве, в начале девяностых. Зима, идёт снег. Я стою на платформе «Матвеевское», жду электричку. Туда же зачем-то пришла стая бездомных собак, думаю, чтобы спрятаться от снега под крышей навеса платформы. Они, как водится, самые разные: побольше, поменьше, закалённые в боях, хмурые и готовые в любой момент постоять за себя собаки. Среди них выделяется одна. Это здоровенный и ужасно тощий сенбернар. Бока у него висят, шерсть свалялась колтунами. На ушах — приставшие сухие колючки.

Он в этой стае бывалых и не ждущих ничего хорошего от людей собак. Но когда-то он был домашним и, может быть, любимым. Наверное, он ещё не привык к тому, что люди терпеть не могут и гоняют такие вот бездомные собачьи стаи.

Он ходит вместе со своими товарищами, но в то же время держится в стороне. Они его приняли, но, вероятно, прав у него меньше, чем у других. Они же всё понимают, понимают, что он имеет свою, отличную от их собственной, историю. И, возможно, им трудно простить ему его прошлое, в котором была миска с едой, собственный мягкий коврик и, главное, любовь. У них такого никогда не было, и они хорошо знают, что никогда, никогда не будет.

А сенбернар, стоя немножко в стороне от своей новой компании, смотрит на людей. Переводит взгляд с одного на другого, взгляд невероятно грустный и ищущий. Кого он искал? Того, кто его любил, но умер? Или того, кто решил, что такая большая и неудобная собака ему больше не нужна? Или он «потеряшка»?

Потом уже я узна́ю, почему в бездомных стаях в основном маленькие и средние собаки. Большим выжить труднее, и потому надолго они там не задерживаются. Они умирают.

Наконец пришла электричка. Она была, естественно, переполнена. Стоя в тамбуре, носом вплотную к стеклу, я смотрела на этого здоровенного, совершенно беспомощного и непонимающего, что же с ним происходит, пса.

Тогда я и сама так ни черта и не поняла: может быть, это был сигнал, который мне посылала, как нынче говорят, Вселенная? И главное, у него был шанс…

Я привела бы его домой, сразу бы покормила, потом посадила бы в ванную и отмыла. И сняла бы все колтуны с его боков и колючки с его длинных ушей.

А потом взяла бы шерстяное одеяло и сделала бы ему тёплое гнездо. И поставила бы большую миску с водой и другую — с едой. И поцеловала бы в морду. А он бы отогрелся и понял, что это его новый дом. Потому что собакам без дома плохо, даже тем, кто ко всему привычный и не ждёт от людей ничего хорошего.

Но я этого не сделала. И вот теперь пишу, хотя это мне всё равно не поможет.

Берёзовый сок

Недавно я была на «Чикагщине» — приезжала свою новую книжку представлять. Так вот, меня предупредили, что встреча состоится не в городе, а за городом, потому что основная часть наших соотечественников поселилась именно там. В одном из таких пригородов я провела два с половиной восхитительных дня.

В субботу я встречалась с читателями («А вы были там?» — спросила я, сурово насупив брови), а в воскресенье целый день гуляла по Deerfield, где была моя гостиница.

И думала о том, как счастливы люди, живущие в этих благословенных краях. Как красиво и достойно устроили они свою жизнь, как приятно для души и полезно для здоровья проживать в таких местах. Я ходила по дорожкам, вдоль которых тянулись жилые дома, и вроде бы ничего особенного вокруг не было. Но я на каждом шагу останавливалась и фотографировала. И не могла насмотреться на эту красоту.

А вечером мне позвонила моя старая знакомая, живущая примерно в таком же месте, но под Вашингтоном, и стала рассказывать о том, как всё скучно и противно.

А чуть позже, в силу неслучайных случайностей, я говорила с другой своей подругой — из Москвы. На мой вопрос, как там жизнь, она сказала, что всё замечательно, только у неё проблемы с позвоночником. Потому что в их подъезде не работает лифт и ей приходится коляску с внуком таскать на шестой этаж на себе.

Я спросила, а почему нельзя оставлять коляску внизу или, на крайний случай, поднимать внука и коляску по очереди?

Только задав этот вопрос, я поняла, какого дурака сваляла.

Московская подруга тяжело молчала в трубку. Потом наконец сказала: «Слушай, ты и вправду уже ничего не понимаешь или притворяешься?»

А я не притворялась и всё очень даже понимаю. Я, между прочим, не дура, честное слово. Просто нормальная человеческая жизнь быстро вытесняет из сознания владение «боевыми искусствами» — навыками, необходимыми для выживания там, в далёкой и прекрасной стране, где круглый год по стволам берёз струится берёзовый же сок, волоокие девы плетут венки с национальной символикой, а добры молодцы поют патриотические песни. Поскольку все другие проблемы по жизни у них уже решены.

Хочу спросить у вашингтонской подруги, ровесницы моей московской (мы однокурсницы): когда ей в последний раз приходилось переть на себе вверх по лестнице коляску с внуком? Потому что оставить нельзя ничего даже на пять минут.

Недавно я опять говорила с Москвой. Московская подруга уже ходит. А лифт — нет. Да, кстати, и это тоже проверено на себе. Только давно это было…

Восточная пенсия

Ну вот, мой маленький дружок пенсионного или предпенсионного возраста. Прислала мне бывшая одноклассница видеозапись концерта, где исполнялась «Восточная пенсия». Стоп! Ошибка по Фрейду: «Восточная песня» Ободзинского. Ну и конечно, я вспомнила, как это было…

Вспомнила, как натурально я хохотала и непринуждённо рассказывала «неважночто неважнокому», лишь бы не рыдать. Потому что знала, что тот, в которого была влюблена вся школа, меня на танец не пригласит.

Я знала, что в этой песне пять куплетов, знала, что между ними ещё проигрыши и всё это продлевает минуты невозможного счастья, когда ты стараешься не дышать в его ухо, а только вдыхать в себя опьяняющий аромат чего-то сильно пахнущего — производства стран народной демократии и купленного с боем в местной галантерее.

Вот погасили свет (наконец-то!) и раздались вступительные аккорды «Восточной».

Я уже не пыталась натурально хохотать. Я дала слабину: замолчала и закрыла глаза, чтобы слёзы не размазали мамину тушь, утыренную из дома для такого случая.

Впереди пять куплетов пытки плюс проигрыши, которые будут эту мою пытку продлевать. А он будет танцевать с Люськой Флиор (да-да, это не ошибка, эта та самая, из «Грамерси-парка») — тоненькой, с густой чёлкой над длинными бровями, которые почти срастались на её фарфоровой переносице.

Я очнулась, когда меня ткнула в бок моя соседка, а на мою руку легла большая ладонь, которая брала одновременно полторы октавы. В нашей школе только у одного человека была такая ладонь. Он сам писал музыку, стихи и на переменках пел, аккомпанируя себе на гитаре (с собой таскал) или в актовом зале на рояле.

Я встала, вступление ещё не закончилось, впереди у меня были пять куплетов счастья плюс проигрыши: «Восточная песня».

Потом о нашем романе знала вся школа, включая учителей. На переменках мы убегали целоваться во двор, где буйствовала старая сирень. И до сих пор от её аромата мне становится дурно. Память запахов — она самая сильная…

Да, о чём это я.

Слушала я любимую когда-то песню и смотрела на то, что показывала мне камера оператора.

В зале сидели мои ровесники. Они подпевали Ободзинскому со слезами на глазах. Тётьки были полненькими, а дядьки были к тому же ещё и лысыми. Про остальное вы сами всё знаете.

Но слёзы на глазах были, я вам клянусь! И нестройный гул голосов — тоже. Наверное, у них когда-то тоже был свой полутёмный зал, дрожащая рука на плече и предвкушение счастья — целых пять куплетов плюс проигрыши.

Граждане пенсионеры, посмотрите, пожалуйста, в зал. Там сидим мы…

Крутилка

«Крутилка»: тренинг по психологии, способ мгновенного избавления от тяжёлых воспоминаний. Это было как раз то, что мне нужно: просто мысленно наколоть на палец картинку с тяжёлым воспоминанием, повернуться против часовой стрелки три с половиной раза и как бы сбросить эту картинку с пальца. Всё. Свободен. Одним мучением в твоей душе меньше. Если кому-то интересно, могу дать ссылку.

Уже было наколола, уже начала крутиться вокруг собственной оси, но до трёх с половиной раз не дотянула.

Да, у меня, как и у каждого, есть тяжёлые воспоминания. Есть очень тяжёлые, непереносимо мучительные. И с ними я живу уже много лет. Не говоря уже о тех воспоминаниях, что связаны с детскими и юношескими душевными травмами.

А ещё есть большой чёрный мешок, существующий в моём воображении, в котором теснятся мои угрызения совести: всё то, чего я стыжусь, что я очень хотела бы изменить, о чём мне лучше не вспоминать.

Жить со всем этим добром трудно. Это тянет к земле, это уже много лет заставляет просыпаться в три ночи. Что делать, когда все бараны и слоны уже сосчитаны и даже им надоело мне помогать?

И вот есть решение: я забуду свои муки, мне станет легко, и следующим утром я проснусь от весёлого солнца и заливистых трелей птиц.

Момент истины наступил, когда мысленный отсчёт вокруг собственной оси с картинкой на пальце пошёл на третий круг.

Я не хочу. Не хочу, чтобы то, что меня мучает, утратило бы силу надо мной. Что-то в этом есть предательское по отношению к моим воспоминаниям, к тем, кого я буду всегда любить, к себе самой. Про мазохизм рассказывать мне не нужно, я в курсе.

И то, в чём я виновата, тоже должно оставаться вместе со мной и никогда, никогда не позволять мне повторить ещё раз такое.

Уход самых дорогих людей — это ужас без конца. Пусть будет ужас и пусть без конца. Пусть лучше мучиться, тосковать, метаться каждый год накануне когда-то счастливых дат. Но оставаться с ними. Моя боль — это плата за то хорошее, что мне посчастливилось пережить, и за то плохое, что я совершила в своей жизни.

Я не стану накалывать на палец свои воображаемые горести. Я буду жить с ними. Может быть, именно это позволит мне оставаться человеком. И слышать чужую боль.

Ж2Ж

Это не о том, о чём вы подумали. Это — «как женщина женщине», ну, что-то типа «как разведчик разведчику». Откровенно и ответственно.

Так вот, тем, кто уже дважды или около того пережил «возраст элегантности», или тем, в чьи годы пара лошадей уже копыта откинула (как говорил один мой знакомый, очень воспитанный человек, кстати), посвящается.

Почему им? Потому что молодым это не нужно. У них и так всё в порядке.

А у нас за плечами пионерское детство, комсомольская юность (дальше у кого как), которые прошли в той самой стране, «где так вольно дышит человек». Короче, если вы вдруг впервые оказались в городе New York, прежде чем выйти на улицу, прочитайте эту памятку. От одной Ж — другой Ж.

Итак:

Памятка для прибывающих

1. Немедленно снимите с себя все бриллианты и массивное золото. Здесь они вам больше не понадобятся. Вообще, никогда

и ни по какому поводу. Когда я спросила одного знакомого ювелира, зачем тогда существуют драгоценности, он мне сказал, что исключительно как способ вложения средств.

Украшения (но не драгоценности) возможны, иногда желательны, но это другое.

2. Красная помада и синие тени. В сочетании с золотыми серёжками с цветными «камушками». См. п.1.

3. Новые вещи здесь не очень смотрятся. Если есть ношеная майка и новенькая, выбор всегда в пользу ношеной. А ещё лучше (это моё) — заношенной. Новая или старая одежда говорят не о возможностях её владельцев, а только лишь об их отношении к вещам и их вкусовых предпочтениях. Если хочется повоображать, можно оторваться за счёт аксессуаров.

4. Натуральные меха. Наша слабость, любовь и единица измерения личного благополучия. Качество и количество шуб у подруг и соседок были темой для самых задушевных разговоров с мужьями.

Здесь носят смешные шапочки из искусственного меха и не менее смешные курточки, жилеточки и даже палантины. Они выглядят забавно, но они напоминают нам о том, что ни одно животное при их изготовлении не пострадало. Здешняя жизнь устроена таким образом, что очень скоро ты начинаешь понимать, как это важно. Шубы неприличны, а дорогие и красивые — особенно. Мне лично больно об этом говорить, но это так.

5. Курение. Если рядом со входом в банк стоит тётенька с сигаретой в пальцах, со скрещёнными на грудях руками и отставленной в сторону ногой, знайте, что эта банковская операционистка — из наших.

Курение здесь давно уже считается не comme il faut, прости меня, Господи. Курят в основном малограмотные китайцы, кубинцы, ну и сами знаете кто. Нашего человека можно узнать издали ещё и по лицу. Если оно табачного цвета, да ещё с мешками под глазами, ошибка исключена.

6. Выпивка — пропускаем. Все всё знают. Залудить в баре стакан водки, конечно, можно, но не нужно. Подадут всё равно в мензурке, замучаешься сливать.

7. Про харассмент — много говорят, но мало делают. Хоть бы кто пристал, ну хоть бы для приличия.

8. Целлюлит, растяжки, вены, вывихнутые пальцы и «косточки» на ногах — по этому поводу можно не переживать. Здесь не понимают, что это такое, вернее, почему этого нужно стесняться.

Недавно в клинике (Hospital for Special Surgery) я видела двух дам, возраста 70+. Одна была в шортах чуть выше колен, вторая — в джинсовой мини-юбке. Всё вышеперечисленное у них присутствовало в ассортименте. Они чирикали всё время, пока ожидали своей очереди. Да, у одной ещё была маечка, которая открывала то, что когда-то рвалось вперёд и вверх, а теперь мирно было уложено вовнутрь. И мне было приятно на них смотреть. Я тоже хочу так. И тоже невзирая на.

9. Что здесь можно и нужно делать — это маникюр и педикюр. На любой стрит и даже авеню через каждые сто метров стоят маникюрные салоны. Заходи и делай в любое время года, с утра раннего до вечера позднего. Без записи и очередей. Вот это must. На педикюрных тронах можно увидеть и бабушек, и, кстати, дедушек. Думать о красе ногтей здесь не западло, а необходимо.

10. Если в метро или на перроне пригородной электрички к вам подойдёт незнакомая женщина или мужчина и скажет, что у вас красивая сумка, или забавные резиновые сапоги, или удачная расцветка у зонтика, или просто вы хорошо выглядите, не удивляйтесь и не ищите скрытой для себя угрозы. Это только лишь

выражение отношения к вам или к вещам, которые на вас надеты. Это просто похвала. Здесь любят хвалить даже совсем незнакомых людей. Здесь это нормально. Так же, как нормальна ваша улыбка и благодарное «Thank you!» в ответ.

Записка гедониста

Тут давеча за маникюром пыталась понять, куда можно себя запихнуть: в «этики», «эстетики» или «религиозники» — по-нашему, по-кьеркегоровски[1]. Тех, кто не держит его книги на ночном столике, попрошу выйти в сад, ибо разговор пойдёт серьёзный. Шучу, конечно.

Итак:

1.«Религиозники»

С ними всё ясно. Ибо не люблю и не уважаю. Ответственности за первородный грех у меня никакой, я их грешить не просила. Страх наказания на том свете тоже отсутствует. Если силы небесные существуют (верю в это), то, на мой взгляд, не для того, чтобы карать и выбивать долги. Они — не ребята из коллекторского агентства. А для чего они есть, нам всё равно не узнать.

2.«Этики»

Всё бы ничего, когда б не чувство долга, согласно которому они живут. Подлая вещь это чувство долга. Не могу не

---

[1] Сёрен Кьеркегор — датский философ, основоположник экзистенциализма.

вспомнить Савву Геннадьевича из «Покровских ворот»: «Жить надо не для радости, а для совести!»

Даже когда делаешь то, что тебе самому совсем не нужно и не хочется, то, что называется «из чувства долга», всё равно делаешь это для себя — как минимум для того, чтобы потом совесть не замучила. Если же ты это делаешь для дорогих тебе людей (или других существ), тогда это уже совсем не чувство долга, а чувство любви. И вообще, любой хороший поступок от души продиктован чувством любви, если разобраться. К себе или дорогим тебе людям.

Какое может быть чувство долга по отношению к детям, родителям или же тем, кого ты когда-то решился приручить и теперь отвечаешь за них? Это любовь.

Какое чувство долга по отношению к тем, кого жалко, за кого начинает болеть сердце? Брошенные животные или далёкие и незнакомые люди, попавшие в беду, те, кому мы почему-то вдруг переводим деньги на карту Сбербанка. Это тоже любовь. Да, пусть это любовь к себе, да, чтобы не болело за них сердце, да, чтобы знать, что чуть-чуть, но помог.

«Чувство долга» — это из заповедей. Это то, что из страха наказания, из привычки следовать тому, что нам с детства внушали, а не из любви. Ну, что-то типа «долга перед родиной». Я, кстати, ей ничего не задолжала. А вот что ей, этой родине, сказать, у меня есть. В том числе и на страшном суде, если таковой нас ждёт. В чём я очень сомневаюсь. Быть верным жене/мужу из чувства долга — это скорее оскорбительно. Короче, не люблю и не хочу. И не буду.

3. «Эстетики»

Знают, чего хотят, ценят удовольствия, об ответственности и о чувстве долга предпочитают не задумываться. Но у них хватает ума не следовать общим правилам. С одной стороны, мотыльки беззаботные, с другой стороны — сильно не дураки, если в состоянии сознательно выбрать свой собственный путь. Если человек говорит вам: «Улыбайтесь, господа, улыбайтесь!», то это ещё не означает, что сам он — безответственный тип. Не исключено, что в его собственном вокабуляре эта самая ответственность и, не приведи господь, чувство долга просто называются по-другому. А как — сами догадайтесь.

Всё, пошла делать педикюр. Из чувства долга перед окружающими.

Старые вещи

Честное слово, я не говноед. Но я люблю носить старые вещи, то есть вещи, которые состарились вместе со мной. Мой личный рекорд — это серый свитер, который я носила с третьего класса и где-то до сорока с лишним лет. Он хранился на даче у родителей, и, когда я туда приезжала, по вечерам его надевала. За годы нашего с ним общения он растянулся и, кажется, тоже привык ко мне, а может быть, даже полюбил меня так, как любила его я. А потом он куда-то делся, подозреваю, что не без участия моей мамы, которой было неудобно, что я по нашему участку хожу, как бомж и сирота. Свитер этот был на тот момент не то чтобы старый, он был старинный, он был раритет и почти что антиквариат. Он помнил меня третьеклассницей, тощей и вечно мёрзнущей, он помнил меня десятиклассницей, уже прибавившей там, где молодым девицам положено иметь кое-что для услады мальчишеских взглядов, и потому создававшей для старой пряжи дополнительное напряжение в районе грудей, он помнил меня уставшей, загнанной лошадью, когда я прятала руки в его рукава, чтобы на нервной почве не обкусывать пальцы, и т.д. Он меня помнил. Мы вместе прошли путь, который, оказывается, и назывался моей жизнью. А потом он пропал. И моя жизнь пошла своим путём уже без него. И мне его не хватает. Потому что это была не вещь — это был мой друг. В общем, честное слово, я не говноед, но я люблю старые вещи. И потому лежат в моём комоде совершенно бесполезные по нынешним временам носовые платочки в мелкий цветочек, которые давно уже никто не использует, но которые помнят вкус моих слёз, потому есть какие-то коробочки с дурацкими бантиками на крышечке, поэтому есть вещи, не имеющие никаких прав на существование. Кроме одного.

11 минут 14 секунд.
О фильме А. Меликян «Восемь»

Я давно уже не слушаю музыку. Я её избегаю. Когда-то очень любила — больше, чем что-либо, но это было давно. Есть несколько музыкальных произведений просто запретных. Их слушать мне не рекомендуется.

Если бы я знала, что там будет эта мелодия, то и фильм смотреть не стала бы. Музыка Шнитке возникает на 11.14 минуте. Зачем? Чтобы сделать больно. Не только мне, а всем тем, кто не знал, что будет именно так, и тоже опрометчиво решил посмотреть эту чёрно-белую короткометражку.

Это нечестно. Это болезненно. Это жестоко. Это завораживает. Это не даёт уснуть ночью. Это вызывает сильнейшее желание никогда больше этого не видеть. И это заставляет ещё раз отсчитать 11 минут и 14 секунд и ещё раз прожить короткий миг чужой жизни.

Страдание. Оно может быть разным. Но причины его всегда любовь. К женщине или мужчине, родителю или ребёнку, к другу, к собаке. Порядок перечисления ничего не значит. У каждого — своё.

Страдание истязает. Да кто ж этого не знает? Ты помнишь про то, что время лечит, ждёшь, когда ж оно вылечит, но чаще всего силы кончаются раньше. И тогда — «каждый выбирает для себя». Способов много, и все они много раз уже доказали свою бесполезность.

Здесь, в этом фильме, нет цвета и очень мало слов, это могло бы происходить в любой точке мира. Стерильная чёрно-белая картинка. И это ощущение, что ты даже не рядом, ты — там. Вместе или вместо.

Когда-то я поняла, что страдание не нуждается в утешении. И в тех ситуациях, когда, согласно классической версии, нужна протянутая рука друга, — рука эта, по-моему, не нужна. И друг тоже не нужен. Человек должен остаться со своим страданием один на один. И честно прожить и пережить всё самое тяжёлое сам. До конца. Понимая, что на самом деле конца не будет. Твоё страдание станет частью твоей жизни. Ты привыкнешь к нему и научишься с ним жить.

Но это будет только твой выбор. Это будет только твоя история.

Ты изменишься и никогда уже не станешь прежним. И это — наименьшее из зол.

И когда однажды ты услышишь ту самую музыку Шнитке, ты, возможно, заплачешь, а возможно, просто пожалеешь того парня, побоявшегося пройти свой путь.

Для примера

Одна из моих любимых тем — это человеческие комплексы и то, как люди с ними справляются. О себе пишу для примера. В детстве у меня всё было длинное: кошмарный рост, когда я на полторы головы была выше всех, руки, ноги, нос, лицо и пр. По этой причине слово «длинный» было для меня самым страшным, просто неприличным словом. Когда я прочитала, что у Шерлока Холмса были «красивые длинные пальцы», я впала в ступор. Как пальцы могут быть красивыми, когда они же длинные? До сих пор я обхожу это слово стороной и тренирую свой несчастный мозг поисками равноценных синонимов.

Подозреваю, что по части детских неизжитых комплексов я не одинока. И когда в поведении взрослых людей наблюдаешь что-то нелепое или необъяснимое, не исключено, что это отголоски наших далёких переживаний, когда признаться кому-то в том, что нас мучает, мы не умели.

«Не получа...»

Одна моя знакомая, после того как выяснилось, что мы придерживаемся диаметрально противоположных политических взглядов, симпатий и антипатий, посоветовала мне не принимать это во внимание: «Среди моего окружения есть люди самых разных политических убеждений, но это нам не мешает замечательным образом общаться». И предложила оставаться нам с ней друзьями.

Потом было много чего и с ней, и со многими прочими. Чем ближе был человек, тем сложнее было «замечательным образом общаться». Я давала себе слово не касаться опасных тем, говорить о чём угодно, только не о политике.

Я к этой политике старалась вообще не приближаться, но политика сама находила нас, и вот уже самое невинное обсуждение какой-нибудь ерунды соскальзывает в пропасть неразрешимых мировоззренческих противоречий. Потому что это только называется так: политика.

А на самом деле это всё о нас, о нашем понимании жизни, о нашем будущем и прошлом, о наших детях, родителях и дедах.

Если обобщить наш исторических опыт, то мы все потомки или тех, кто сажал, или тех, кто сидел. И в самом прямом смысле, и метафорически. И как один человек, храня в своей семейной истории отсидки и преследования, посмертные реабилитации, 58-ю статью, волчий билет и всё, чем облагодетельствовала его советская власть, может «замечательным образом общаться» с другим, чьи папы и дедушки добросовестно обслуживали эту машину и получали свои сладкие куски?

И даже если повезло и в семье никто не погиб, не сгинул — обошлось, всё равно этот страх пережили и помнят все, и им прошито наше сознание на поколения вперёд.

Д.С. Лихачёв говорил, что должно пройти не менее ста пятидесяти лет, чтобы из «советского человека» получился бы цивилизованный человек. Сейчас, вероятно, эти сроки сильно отодвигаются. Нет Лихачёва, уходят те, кого можно было уважать и кому можно было верить.

За последние годы я потеряла многих друзей и знакомых. «Замечательным образом общаться» с ними у меня не получается. Или, как говорила одна знакомая малосимпатичная дама, «Не получа…»

Шутка у неё была такая.

Так сказал Пятачок

Давно об этом думаю. И буду ещё сто раз возвращаться к этой теме. Правда, совсем необязательно буду об этом писать.

Моцарт и Сальери. Вопрос вопросов: гений и злодейство — совместны ли они? Для меня ответ на этот вопрос есть. Совместны. Ещё как! И даже не нужно трогать личную жизнь, там вообще чаще всего ужас и кошмар. Не нужно залезать, всматриваться в частную жизнь талантливых, гениальных и великих. Не нужно пытаться узнать, что они были за люди. Потому что тех, кто не готов, ждут потрясения, разочарования и вопросы, ответа на которые они уж точно не найдут. Почему? Потому.

В последние годы я всё меньше читаю беллетристику (я, видите ли, теперь её пишу), и всё более мне интересна биографическая, справочная и разного рода исследовательская литература: переписка, примечания, комментарии. Короче, скукотища. Лезу туда, куда меня и не просят, узнаю то, чего знать не должна. Зачем? Зачем это нужно знать о великих и талантливых писателях, которые заставили весь мир плакать, которые заставили поверить в своих героев, смогли убедить нас в том, что это не плод писательского воображения, а живые люди, кого можно по-настоящему любить и ненавидеть, те, кто становится нашим душевным собеседником, другом или личным врагом?

Чем дальше в этот угрюмый справочно-библиографический лес, тем более очевиден для меня факт, что не только стихи, но и проза рождаются из такого немыслимого сора и такого жизненного мусора, что лучше ничего об этом не знать. Не надо отождествлять гений человека с ним самим. Гений и злодейство, увы, совместны. И ещё как. И чем более гениален человек, тем размашистей амплитуда его колебаний от добра ко злу. Тем критичнее угол падения и ужаснее угол отражения. Талант и гений существуют самостоятельно, как бы вне человека. Талант не дарит ангельских крыльев. Он, скорее, дарит муку видеть дальше и глубже, понимать больше, страдать сильнее. (Я тоже помню слова Пушкина по этому поводу. Но они меня, увы, переубедить не могут).

И лучше ничего не знать про частную (даже не личную) жизнь ни Некрасова, ни Толстого, ни Достоевского, ни Тютчева, ни Фета… уф… ни Булгакова, ни Пастернака, ни Ахматовой, ни Цветаевой. Ни обожаемого мной Бродского. Потому что это очень грустно. Не надо туда лезть. Надо любить то, что они сделали. И надо любить их именно за это. Всё.

А дальше… Дальше «Посторонним В.»

Так сказал Пятачок. Помните?

С новым счастьем

Про Новый год. Самое обычное дело в этот праздник сказать: «С Новым годом, с новым счастьем!»

То есть подразумевается, что было у человека старое счастье и вот на смену ему приходит новое. Подвалило радости. А что делать тогда со старым счастьем — это тем, у кого оно было? И что делать тем, у кого этого старого счастья не было вовсе?

И, наконец, что делать тем, у кого и старого счастья не было, и новое не ожидается? Получается: «Знаешь, у тебя, конечно, всё фигово, и мы это знаем, но мы сделаем вид, что у тебя всё хорошо и всё дело только в том, чтобы на смену твоему старому счастью, которого у тебя на самом деле не было, поскорее пришло новое счастье, которого у тебя на самом деле не будет. Но мы об этом говорить сейчас не станем, потому что у нас оливье уже по тазикам разложен, рижские шпроты открыты и водка за окошком в авоське на морозе до кондиции доходит».

Татьянин день

Младенца, по замыслу отца, должны были назвать Тоня. В знак признательности женщине, которая с юности любила папу. Роженица, конечно же, согласилась, но, обладая прирождённым умением добиваться своей цели малыми средствами, внесла «небольшие поправки». И стала я не Тоней, а Таней.

Та женщина, по имени Тоня, любила моего отца много лет. Он повзрослел, у него появилась семья, росли дети, а эта женщина так и жила одна. Она много лет переписывалась с моей бабушкой и всегда передавала приветы всем нам. А потом тихо умерла.

Чтобы жениться на моей маме, отцу понадобилось две недели. А решение об этом, по его признанию (вытянула я из него), он принял тогда, когда её увидел.

Маме, чтобы выйти за него замуж, не потребовалось ничего — ни времени, ни усилий. Ей было девятнадцать лет, и она вообще вряд ли понимала, что, собственно, происходит. (Знаю это по собственному опыту.)

Тоня, которая была далеко, но любила и помнила его...

И отец, который был благодарен одной, но женился совершенно на другой...

Родители прожили вместе пятьдесят три года.

И никого из них уже нет, и не у кого спросить, как же это всё было. И я буду всегда их любить и помнить.

И каждый год 25 января в Татьянин день вспоминать эту историю.

Эффект туалетной бумаги

В начале, пока рулон большой, он расходуется не так, как в конце. Мы же все знаем, что чем меньше остаётся бумаги, тем быстрее и быстрее она сматывается. И скоро уже только картонный остов на металлической перекладинке болтается. Вот так и наша жизнь. Мы же все знаем, что чем меньше остаётся времени, тем быстрее вращается стрелка часов.

Так что, граждане, когда в очередной раз ваш взгляд упадёт на сию гигиеническую принадлежность, скромно белеющую ошую или одесную (кто ещё не знает или уже забыл — в словарь, подсказывать не буду), вспомните о вечном…

Кстати, это нехитрое сравнение, сделанное одним из героев моего рассказа «Кролик, беги! Русская версия», запало в душу многим моим знакомым. И сейчас я с удовольствием слушаю, как некоторые из них объясняют, что же значит течение времени, обращаясь при этом к «эффекту туалетной бумаги» и действуя, вероятно, по принципу «музыка — народная, слова — тоже народные».

И это очень приятно. Потому что твоя собственная, можно сказать, выстраданная мысль обрела свою самостоятельную жизнь.

В лесу родилась ёлочка

Все взрослые тёти и дяди, до тех пор пока они не в маразме, помнят, чем пахнет Новый год нашего детства. Он пахнет свежесрубленной ёлкой, мандаринами и ожиданием чуда. Под ёлкой обязательно должен стоять Дед Мороз. Но не из скучной пластмассы, а настоящий — в мягкой шубе, обтянутой папиросной бумагой с белой окантовкой по краям. А в руке у него должен быть матерчатый мешок. А мешок этот, как правило, продырявлен кем-то, кто пытался доискаться, что же там есть внутри, кроме соломы.

Ну и песенка — её мы все помним. Про то, как в лесу родилась ёлочка, как она, зелёная и стройная, росла, а потом ёлочку срубили под самый корешок, и она принесла детишкам много-много радости.

Да. А потом ёлочку выбросили. Кто-то свою «лесную красавицу» отнёс на помойку, кто-то безответственно бросил около подъезда. А ещё в нашем отечестве есть такая народная забава — сбросить ёлочку с балкона.

И всё, что смогла сделать эта ёлочка, — это родиться, вырасти и принести радость на Новый год и одну–две недели после него. В России ёлки стоят до Старого Нового года. В Нью-Йорке и других городах Америки их начинают выбрасывать после Рождества. У домов лежат аккуратно сложенные горкой деревья — молодые и красивые. Они могли бы жить. Долго. И радовать не только детишек, но и птиц, зверей, жуков. Но они уже умерли. Их уже нет. Неужели смысл их жизни — от семечка до своей цветущей победительной красоты — был только в этом?

Посленовогодний синдром — нелёгкая вещь. Помните утро в «Иронии судьбы»? Обрывки серпантина на сугробах, тишина, угрюмый рассвет. Стихотворение, рвущее душу: «С любимыми не расставайтесь…»

Праздник закончился. Праздник закончился, и чудеса из мешка Деда Мороза тоже закончились. В нём осталась одна солома. И немым укором смотрят на нас выброшенные из дома ёлки, которые ещё несколько дней назад мы украшали с такой любовью. Это больно. Потому что от этого начинает мучить совесть.

Я очень надеюсь, что в ближайшее время склероз (он же, как говорят некоторые бабушки, «эклер») меня не посетит. И я ещё долго буду помнить, как пахнет Новый год нашего детства. И так же буду покупать на праздник мандарины, на которые у меня аллергия, и шоколадные конфеты, которые я давно не ем по причине борьбы за красоту (в которой я постоянно проигрываю), и вешать их на нашу искусственную ёлку. И буду подходить к настоящим ёлкам, растущим в парке, и вдыхать их неповторимый зимний аромат.

Чего я не буду делать совершенно точно — это ставить у себя на Новый год ту самую зёленую и стройную ёлочку, которую срубит «под самый корешок» какой-нибудь мужичок. Пусть лучше под ней скачет «трусишка зайка серенький» и «пробегает мимо рысцою серый волк».

А мне много-много радости сможет принести и наша искусственная ёлочка. Я хотя бы буду знать, что не придётся мне потом с камнем на душе выбрасывать на помойку ни в чём не виноватое молодое, красивое, полное сил дерево.

Пусть они — эти зайчики, белочки, лисички, птички и кто там ещё — живут в лесу, где есть красивые деревья. Мы, люди, перед всей живой природой виноваты так, что нам уже никогда не отмыться.

Я, конечно, знаю про прореживание лесов и коммерческие высадки елей. И всё равно, пусть в лесу растут ёлочки — зелёные и стройные. И пусть они живут долго. На Земле и так живого, настоящего остаётся всё меньше.

Я не люблю песню «В лесу родилась ёлочка». Она совсем не такая добрая, какой казалась мне в детстве.

Очередь

По субботам, как известно, в супермаркетах полно народу. Я пристроилась к кассе за какой-то бабулькой. Тележки у всех полные, очередь идёт медленно.

Наконец очередь доходит до бабульки. Она начинает вынимать свои покупки, но делает это очень медленно. Бабка бестолковая, всё у неё перепутано, поэтому вызывают на подмогу администратора.

Я понимаю, что это надолго, стою вместе со всеми в ожидании и элегически размышляю о бренности всего «живаго», о том, что эта бестолковая американская бабка когда-то была, если воспользоваться отечественными дефинициями, сильной тёткой, а до этого, как и положено, красивой девкой. А теперь она противная и страшная. И скоро я тоже буду такой.

Ход моих мыслей прерывает шуршание ленты транспортёра: я почти у цели. В этот момент бабулька с помощью кассира высыпает из здоровенного пакета, что был на дне её тележки, гору баночек с кошачьим кормом. На вопрос кассира «Сколько?» бабулька неуверенно отвечает, что восемьдесят и ещё чуть-чуть. Потому что после восьмидесяти она сбилась со счёта. А ещё они разных видов. Поэтому кассир начинает прогонять эти баночки через сканер по одной штуке.

Я чувствую себя обманутой в своих ожиданиях. Мне уже не жалко эту бабку с её старостью, немощью и бестолковостью. Мне уже ясно, что всё это она затеяла исключительно для того, чтобы я провела остаток своей жизни в этой дурацкой очереди к этой дурацкой кассе в этом дурацком супермаркете и здесь же превратилась бы в такую же мерзкую старуху.

Мне нужно сочувствие, и я оглядываюсь на очередь. Очередь — как народ в «Борисе Годунове»: очередь доброжелательно безмолвствует. Я во второй раз чувствую себя обманутой в своих ожиданиях и уже ненавижу не только бабку, но и этих предателей за моей спиной.

Бабка оборачивается и начинает мне рассказывать о том, что у неё четыре кошечки, все красавицы и все жуткие привереды. У каждой, оказывается, свои вкусовые предпочтения. Ну, понятно: впереди у нас всех, тех, кто в очереди, теперь куча свободного времени, почему и не поговорить.

Я смотрю на эту старую каргу. Вижу, что пальцы у неё разбиты артритом, глаза слезятся, «жубов» почти нет, что нечасто в Америке бывает. Она, оказывается, приехала не одна, вон там стоит социальный работник, который и довезёт её вместе с её восемьюдесятью баночками до дома.

Потом бабка вспоминает о своей собаке, которая прожила целых двадцать лет. Потом, ошибочно проникнувшись ко мне доверием, она рассказывает мне свою краткую биографию.

Баночек оказалось восемьдесят шесть. Бабка наконец расплатилась такими же старыми и жёваными, как она сама, долларами и, повиснув не тележке, откатилась вместе с ней.

Американский народ за моей спиной по-прежнему предательски безмолвствовал. И я понимала, что, даже если бы баночек оказалось сто шестьдесят «и ещё чуть-чуть», они так же терпеливо и доброжелательно ждали бы в этой дурацкой очереди к этой дурацкой кассе в этом дурацком супермаркете.

Кисейные занавесочки

Нью-Йорк. По дороге к метро вдоль тротуара среди многоэтажных зданий стоят маленькие частные домики. Такая пастораль в городе. Домиков таких очень много. Входные двери там — скорее дверцы, как от шкафа: стеклянные створки с кисейными занавесочками от посторонних взглядов. И всё.

Вот когда в стране через стеклянные входные двери просвечивают занавесочки, это называется «цивилизация».

А, к примеру, в нашей московской квартире — двери металлические и двойные. И вместо цивилизации — сигнализация.

По поводу этого наблюдения услышала я как-то, что сигнализация — это изобретение цивилизованных стран. Ну, собственно, как и всё остальное. Кто бы спорил? Но хочу напомнить, что сигнализация в цивилизованных странах была изобретена для офисов, магазинов и пр. А для квартир она используется только в очень немногих странах. И вы даже догадываетесь — в каких.

Мелок

На тротуарах под окнами домов цветными мелками и крупными буквами часто пишут: «Ленка, ты самая лучшая!» или «Аня, с добрым утром!».

Бывает и посерьёзнее: «Наташка, прости меня!»

Но никогда ещё я не видела, чтобы кто-то написал: «Мама, дорогая, спасибо тебе за всё!»

«Мама», — это пишет маленький ребёнок на песке.

Большой ребёнок пишет «Света» на асфальте.

Взрослый мужик уже ничего не пишет.

А пожилой дядька думает о том, что было у него в жизни много «Свет» и «Наташ», а мать была одна, но её уже нет. И никогда не будет. И эта пустота, которая давно уже поселилась в душе, болит, и лучше всего обо всём этом стараться не думать.

И в один прекрасный день дядька не выдерживает, идёт на кладбище и делает заказ гравёру — выгравировать на старом памятнике: «Любимой маме». И думает, что лучше бы он тот мелок потратил тогда на то, чтобы написать: «Мама, я люблю тебя!» — пока ещё она могла это прочитать, раздвинув утром шторы того самого окна, которое всегда светилось, когда он подходил к дому.

Лысый ёжик

Есть такой, мы все его на нашей ленте в Фейсбуке видели: просто голая кожица и бесконечно грустные глаза. Он уже всё понял про жизнь. Он знает, что это больно, холодно и что никто ему не поможет.

Ничего не напоминает? Други мои, мои дорогие фрэнды и фрэндессы, это же о нас.

Больно, холодно, страшно. И никто, никто не поможет. Со своей жизнью разбираться придётся самим. Где взять силы, характер, мозги, мачизму, харизму и что там ещё? У кого попросить немножко сбавить обороты? «Чуть помедленнее, кони, чуть помедленнее…» — кто из нас не повторял про себя эти слова, когда никто не слышит, когда уже выпито достаточно, когда можно, наконец, признаться самому себе, что прожито много, а сделано всего ничего. И так много потерь, так много боли… Зачем и почему? Для чего? Ответа нет. И что самое печальное — и не будет. Не будет нам ответа. Потому что его просто не существует. Его каждый из нас придумывает для себя сам. Индивидуальное самообслуживание. Мы все — лысые ёжики. Нам всем больно, холодно и одиноко. А те, у кого есть к кому прислониться и отогреться, суть невероятные счастливцы.

Поэтому: счастья всем нам, что означает тепла, родных людей, мужества принимать жизнь как она есть, возраст как он есть и нас самих как мы есть.

Мы — хорошие. Не очень счастливые, не очень везучие, но мы стараемся оставаться людьми.

Дорогой лысый ёжик, ты можешь рассчитывать на нас. Мы не обидим тебя. Мы знаем, каково это — жить с голой кожей, когда холодно, одиноко и часто — очень страшно. Ты не один, мы — такие же, как и ты.

Ключевой момент

Где-то, где не помню, прочитала, что одной большой обезьяне дали фотографии людей и её обезьяньих подружек. Задание было — отделить обезьян от людей. Среди фотографий людей были самые красивые женщины и мужчины.

Наша обезьяна всё быстро поняла и разложила фотографии на две стопочки. В одной были мартышки, макаки и прочие орангутанги, а в другой — человеческие красавцы и красавчики. Что само по себе крайне удивительно. И ещё раз доказывает, что ничего мы о них (животных) не знаем. Они — не братья наши меньшие. Они просто другие.

Но для меня главное даже не в этом. Ключевой момент: эта макака, или мартышка, не знаю кто, положила своё собственное фото к человеческим красавицам и красавчикам.

Пять процентов

Это не об откатах и распилах в одной замечательной стране. Это о другом.

«Два процента людей — думает, три процента — думает, что они думают, а девяносто пять процентов людей лучше умрут, чем будут думать» © Б. Шоу

Вспомнила кое-что из другого источника: соотношение размышляющих (разумных «человеков») и предпочитающих не выходить на рамки биологического цикла жизни всегда, во все времена, оказывается, было одинаково: пять процентов — к девяносто пяти. Вот как интересно.

И это хорошо «бьётся» — как в бухгалтерии — с первым тезисом.

Те же пять versus девяносто пять: «Два процента людей — думает, три процента — думает, что они думают, а девяносто пять процентов людей лучше умрут, чем будут думать».

Грустно это, дорогие моему сердцу читатели. Нас — всего пять процентов.

Роман без слов

К вопросу о вербальных и невербальных коммуникациях.

Всё самое важное между людьми понимается не на уровне слов, а совершенно другими способами. И это к счастью. Потому что это даёт нам возможность общаться со всем остальным живым миром: животными, деревьями, цветами.

Вот бы научиться передавать всё то, о чём пишешь, не словами, а другим способом. Так, как это делает музыка, или живопись, или прикосновение любящего существа.

Роман без слов. То, что можно воспринимать сразу органами чувств. Например, как аромат кофе или новогодней ёлки.

Вся информация уже заложена в тот волшебный сосуд.

Автор уже набросал туда всё, что хотел и мог сказать.

И вот какой-то человек вдохнул это в себя и всё почувствовал.

А «понял» — это, на мой взгляд, вторично. Потому что «чувствовать» включает в себя и «понимать».

«Вначале было слово» — а может, всё было вообще не так?

О вкусной и не очень полезной пище

Июль

В каждой семье есть свои кулинарные легенды и традиции. Наша семейная легенда — это были вареники. Зимой наша мама делала вареники с творогом или с картошкой.

Но самое интересное происходило летом. Каждый год наступало волшебное время, когда на даче поспевали ягоды, и мы устраивали праздник обжорства.

Я очень следила за своей, конечно же, несовершенной фигурой. Если бы я поправилась, для меня это была бы катастрофа, а для моих родителей, которые утверждали, что я тощая скильда, — большая радость. Но в те летние, ароматные, бесконечно долгие ласковые дни я теряла всякую способность к самоконтролю и с наслаждением отдавалась своим примитивным инстинктам.

Мы лепили вареники все вместе, чаще всего в саду, сидя за деревянным столом, где стояли огромные блюда от бабушкиного сервиза, здоровенная разделочная доска, на которой раскатывали тесто, сахарница (конечно же, с отбитой ручкой) и эмалированный (конечно же, с чёрными пятнами треснувшей эмали) тазик с ягодами.

Мама раскатывала тесто, а потом мы все вместе лепили. Делать это, естественно, никто толком не умел. Кроме мамы и меня, отмечаю я с гордостью. У нас вареник получался тоненький, ягод там было много, и гребешок был фигурно перевит, что придавало нашим изделиям авторский вид.

Потом их партиями отправляли в кастрюлю с кипятком (в которой можно было бы при желании чертям варить ещё и грешников) и через несколько минут осторожненько вынимали. А потом, пожалуйста, все за стол. Вареники уже на блюде, сметана — в мисочках.

Есть надо тоже уметь, между прочим. Вареник следует брать только руками, держать его торчком, сначала откусить немножко самый уголок со всей возможной аккуратностью, иначе брызнет прямо на любимый сарафан. Потом на откушенный краешек положить сметану, потом откусить уже по-настоящему.

Тогда во рту окажутся горячее тесто, сладко-кислые ягоды и холодная сметана. Вот это и есть высший миг блаженства, ради которого можно пожертвовать и собственной фигурой. На неделю. Больше нельзя.

Делать вареники одному или вдвоём — неинтересно. Эта еда, как и пельмени, требует душевной компании не только на стадии поедания, но и на стадии приготовления.

Мои любимые друзья помнят, как это было. Давно.

Старый комод

Каждый раз ближе к Новому году начинается смятение в наших взрослых душах.

Потому что наши души не знают, что мы уже взрослые и даже уже хорошо пожившие. Они (души) воображают, что мы ещё те детишки — в лифчиках с костяными пуговицами (не путать с дамскими лифчиками) и чулках в резинку, причём у девочек — под байковыми платьицами и ненавистными тёплыми штанами до колен, а у мальчиков — под шортиками на лямках.

У мальчиков — чубчики, а у девочек — «бараночки» с бантиками.

В эти дни таких фотографий появляется у нас на ленте в Фейсбуке особенно много.

Мы вспоминаем, какие были в наших домах ёлки и какие под ними стояли Деды Морозы — на вате, а не из пластика.

Мы помним, а некоторые счастливцы даже хранят свои старые смешные ёлочные игрушки.

Мы ни с чем не перепутаем тот волшебный запах мандаринов, потому что тогда и мандарины пахли по-другому.

Вспоминаем предвкушение приближающегося праздника: когда достанут из-за окна ёлку, когда отец поставит её на крестовину или по-простому в ведро с песком, когда зажгутся ёлочные огоньки, когда нам подарят подарки.

И нас, немолодых людей, каждый год в эти дни начинает забирать тоска по своему собственному детству.

Где те родные, кто был с нами в те новогодние дни, где та наша домашняя детская жизнь, которая, мы понимаем сейчас, была такой замечательной, и где мы сами?

И вот здесь, на нашей ленте, вдруг — как цветы зимой — расцветают, появляются чудесные стихи, посвящённые нашему детству.

Их пишут женщины, что неудивительно. И их пишут мужчины.

И становится понятно, что наши воспоминания у каждого свои, но одновременно очень похожие.

Всем нам всегда будет недоставать одного и того же.

И эта общая память помогает.

Матисс

Однажды, много лет назад, я решила пригласить свою одноклассницу в ГМИИ им. Пушкина. Это был мой любимый музей. Я любила там всё — от голубых елей около входа и памятной доски И.В. Цветаеву до коллекций картин, каждую из которых, как мне казалось, я знала в лицо. Была у меня там любимая экспозиция — французские импрессионисты, как нетрудно догадаться, поскольку к ним неравнодушны все.

Одноклассницу эту я неоднократно пыталась «приобщить к прекрасному». Помню, как лет в двенадцать заставила её записаться в свою библиотеку, как по пути туда каждый выходной заставляла её пересказывать содержание прочитанной книжки. Но про картины ей ничего не рассказывала. Это была моя тайна. И вот однажды я решила впустить её в свой заповедный мир.

Разочарование было полным и взаимным. «Наш сосед дядя Валя в сто раз лучше нарисует», — сказала подруга, с недоумением глядя на картину «Мастерская художника» Анри Матисса.

Мораль: «Выбирайте людей со своим уровнем ценностей» ©. Правильная, на мой взгляд, мысль.

Я повышаю самооценку

Когда я была маленькой глупой девочкой, я считала, что низкая самооценка — это хорошо. Теперь, когда я уже большая глупая девочка, я знаю, что низкая самооценка — это плохо. И мне всегда есть чем заняться. Когда в голове ни одной мысли, а память подсовывает убедительные свидетельства собственной несостоятельности, я повышаю самооценку. Но каждый раз меня преследует опасение или, лучше, страх, что в этом деле я могу зело преуспеть. И тогда моя подросшая самооценка может обернуться самодовольством.

В этой связи такой вопросик: где та грань, которая отделяет наше принятие себя и, соответственно, нашу приличную (для отдельных счастливчиков — высокую) самооценку от самодовольства? Пусть даже обоснованного.

Софи Лорен

Как-то моя младшая коллега, глядя на меня преданным взглядом, задумчиво произнесла: «Татьяна Юрьевна, мне кажется, что у вас мама — как Софи Лорен».

Повисла пауза. Я вспомнила вечные материны авоськи, полтора часа на работу в один конец, очереди за продуктами (если они были в продаже), её радость по поводу купленной ядрицы, а не продела (если кто помнит, что это такое), родительские шесть соток и всё, что с ними связано.

Лично я умею косить траву. Не газонокосилкой, а обычной деревенской косой («нос полотна» должен идти вверх), пилить в паре дрова (ручку оттягивать на себя и вниз), копать грядки на штык лопаты и «формировать» компост, который очень противно пахнет. Эти мои полезные навыки уже давно пропадают безо всякого употребления, но, если жизнь заставит, я всё вспомню.

Пауза затягивалась. Я ещё раз подозрительно взглянула на юное создание. Она смотрела на меня широко распахнутыми глазами. Она не шутила.

Поэтому мне оставалось только одно — выдохнуть и сказать: «Да, конечно. А папа — как Марчелло Мастроянни».

От мёртвого осла уши

Дело было в Нью-Йорке. Однажды, после моего очередного выступления в связи с выходом новой книги, подошла ко мне представительная дама из соотечественников, назвалась журналистом и сказала, что просмотрела публикации обо мне и поняла, что всё это не то: «Танечка, вы заслуживаете лучшего — большой, умной, проникновенно написанной статьи. И я обещаю вам, что такая статья появится!»

Утром следующего дня внутри меня началась активная работа. Я ходила от зеркала к зеркалу, пристально вглядывалась в свои отражения, и искала в них то, что не дано было заметить другим: «Да, — говорила я себе, — нас, талантливых, ярких красавиц и умниц, недооценивают. Я давно уже достойна лучшего: большой, умной, проникновенно написанной статьи. Или даже очерка».

В душе поселилась приятная тревога. Так к Новому году мы ждём подарки от Деда Мороза. Что-то обязательно будет, но что?

Журналистка вышла на связь через неделю, когда я окончательно забронзовела и утвердилась: «Танечка, видите ли, никто лучше, чем вы сами, рассказать о себе не сможет. Напишите так, как вам самой этого бы хотелось. И ошибочки-опечаточки, пожалуйста, проверьте, уж будьте до меня добренькими».

Ещё через неделю большая, умная, проникновенно написанная статья появилась в русскоязычной газете Нью-Йорка. Не спрашивайте какой. Журналистка получила за неё двести долларов.

Благодарить меня за урок не надо. Ну, разве что подарите мне от мёртвого осла уши.

Есть повод для радости

Сегодня день рождения у замечательной Майи Михайловны Плисецкой, балерины и женщины от Бога.

«Я не простила своих врагов», — скажет она в конце жизни.

Я тоже не раз думала об этом: а я простила? Нет, тоже не простила.

Я не желаю им зла и не хочу мстить, но я не простила и не забыла.

Почему-то всю жизнь больше всего боялась унижений.

И почему-то именно им дано было случиться — разнообразным, частым и талантливо обыгранным.

Но это богатство небольшое, и, думаю, у каждого на эту тему есть что рассказать.

Так что я, скорее всего, в этом не одинока. И это радует.

«Я не оправдываю ожиданий»

Это не я не оправдываю ожиданий. Это так Мэрилин Монро про себя сказала. По словам любимого нами Марчелло Мастроянни, она — «вульгарная блондинка», а по её собственным словам, она боится, что «не оправдывает».

Здесь или-или. И союз «и» сюда никак не втискивается.

Хорошенькими губками под алой помадой «вульгарная блондинка» сформулировала одну из самых общих и серьёзных проблем, которая мучает многих.

Есть счастливая порода людей. Они отличаются от большинства, так как знают, что никому ничего не должны доказывать.

Они знают про себя, что «уместны в этом мире» (термин не мой, а «психологический»), что их любят такими, какие они есть. Любят ни за что, потому что если «за что», это уже не любовь, а хорошее отношение.

Эти люди счастливо проживают свою жизнь совершенно независимо от того, какие промежуточные и какой финальный результат они имеют. Таких людей легко узнать. Потому что они другие.

И мне ужасно жалко Мэрилин Монро, потому что соответствовать тем ожиданиям, которые окружающие её люди (и какие люди!) возлагали на неё, было практически невозможно. От неё хотели слишком многого и такого, что взаимно исключено.

Её боготворил мир, а она мучилась от своего несовершенства.

Что-то мне подсказывает, что некоторым из тех, кто читает сейчас сию премудрость, это знакомо. Я имею в виду не когда «боготворит мир», а когда «мучиться от своего несовершенства».

Возможно, когда-то ей рассказали: «Для того чтобы быть интересной окружающим, ты должна быть уверена в себе, свободна от комплексов и раскованна».

А ты не уверена в себе, у тебя куча пожизненных комплексов, и раскованна ты бываешь только в душе. Да и то с ударением на первом слоге.

Ты всё ждёшь, что вот придёт время, ты ещё немножко повзрослеешь, и вот тогда, достигшая, успешная, пожившая и повидавшая, ты наконец научишься прилюдно высказывать своё мнение без этих дурацких «по-моему», «как мне кажется» и «если я не ошибаюсь».

Но время это всё время отступает, как линия горизонта, куда-то в будущее, пока однажды не окажется, что всё будущее уже перетекло в прошлое.

В детстве главный стимул хорошо учиться — для многих из нас это оправдать ожидания родителей.

Потом — оправдать ожидания школы или друзей и поступить в институт. Потом человек будет оправдывать ожидания быть хорошим мужем или женой, родителем, успешным профессионалом и т.д.

А потом он начнёт пить таблетки и ходить на консультации к психологу, где ему объяснят, что невозможно всё время оправдывать чьи-то ожидания. Что самые главные ожидания — это твои собственные.

Но мы всё равно с упорством, достойным лучшего применения, стараемся «соответствовать».

Начала писать роман «Оправдание ожиданий». Потом бросила. Не хочу оправдывать ничьих ожиданий.

Гигиенистка Жужа

Я не могла пройти мимо этой роскошной фразы. И вставила её в роман «Жить легко». Что ещё раз доказывает: для писательского дела всякое лыко — в строку.

Итак:

В стоматологической клинике (госпиталь в Бронксе, а какой — не скажу) на следующий день после процедуры медсестра, наша соотечественница, обращается ко мне:

— Ой, а шо вы мне не сказали, шо вы книжки пишете?

Я:

— А зачем?

Она с чувством:

— Так я б тогда вам всё хорошо сделала!

Спасибо тебе, гигиенистка Жужа. Надеюсь, мы никогда больше не встретимся, во всяком случае, здесь — точно.

Ноль

На мой взгляд, если человек начинает фразу со слов «может быть, я ничего не понимаю, но…», это означает, что он убеждён в том, что понимает всё. Ну а уж если со слов «возможно, я набитый дурак (набитая дура)», то ваши шансы в дискуссии равны нолю. Потому что вы сами в его глазах — ноль. Или нуль. Как кому нравится.

Он мой

После того как роман «Жить легко» был закончен, посетила меня мысль. Это случается нечасто, поэтому я её запомнила: единственная возможность с уверенностью сказать про мужчину «Он мой» — это его придумать и написать о нём книгу. Вот Горелов, главный герой этого романа, — интересный, сильно не дурак, бабам нравится. И пусть сколько угодно воображает, но он мой! Никуда, подлец, теперь не денется.

Сейчас будет больно

Мне. Потому что когда-то я не любила обезьян. Ещё раз: я-не-любила-обезьян. Потому что мне казалось, что они — злая пародия на человека. Понадобилось прожить бо́льшую часть жизни, чтобы до меня дошло, что они — благороднейшие создания, умеющие любить, страдать, тосковать и заботиться о тех, кому плохо. И ещё то же время понадобилось мне для того, чтобы понять, что всё вышеперечисленное касается абсолютно каждого живого существа на Земле. И не всегда нас, людей.

Я это видела во сне

Когда-то мне приснился сон. Мне снился город, который уже умер. Там не было никого живого, ни людей, ни других существ. Здания чернели пустыми окнами, всё было затянуто паутиной. Вода, из которой торчали коряги, была покрыта мутной плёнкой. Ни солнца, ни луны. И было очень тихо.

Я не знала, что за город мне приснился, но понимала, какая это страна. Ошибиться было невозможно.

В течение многих лет я старалась не вспоминать этот сон, но знала, что освободиться от него не смогу. А потом однажды увидела одну картину и всё поняла.

Давно это было. В Москве. Наш друг приехал ненадолго из Нью-Йорка и предложил зайти вместе с ним в мастерскую одного известного художника.

В Москве, рядом с Черёмушкинским рынком, есть заброшенная территория, огороженная так любимым в нашем отечестве забором из серых бетонных плит. За ним стоят какие-то технические постройки и грязно-зелёное пятиэтажное здание бывшей школы.

Там длинные дощатые коридоры, в конце которых находятся, как все помнят по школьному детству, туалеты. Двери туда почему-то отсутствуют и при необходимости их легко можно отыскать по запаху.

То, что когда-то было классными комнатами, позже стало мастерскими художников. У каждого по комнате, где они пишут и чаще всего живут, потому что ездить домой и обратно не имеет смысла: работа съедает всё время. Здесь же они и выпивают.

Тюбики с краской, затирки, фанерки, которые притворяются палитрами, очень много грязной посуды, чумазый чайник, рваные коробки с кусковым сахаром, заваленные какой-то дрянью подоконники, много-много разного мусора, узкое лежбище с больничным полосатым матрасом и какой-то коричневой дерюгой вместо одеяла…

Мы стояли посредине комнаты на единственно свободном пятачке рядом со здоровенным мольбертом и пили за знакомство из пластиковых стаканов, ими же и чокались. Стаканы, не желая держать удар, прогибались, и водка обильно выплёскивалась нам на руки.

Вдоль стен стояли картины. Все они были огромного размера, и все они были страшными, просто одна страшней другой. Среди них я увидела и ту, из моего сна.

…Его всё время упрекают в том, что он не любит — далее по списку: свою родину, СССР, Россию, русский народ, деревню, город, солдат, женщин, мужчин, детей и стариков.

Я не знаю, любит он это всё или нет. Скорее всего, не очень. Его картины — об уродах, которых мы с ходу узнаём по собственному жизненному опыту. Это очень убедительный приговор тому, что же такое на «одной шестой» строили, строили — и построили.

Как живётся ему в окружении этих чудовищ — и тех, кто уже выписан на холсте, и тех, кто пока живёт в его воображении? Хотя слово «воображение» здесь неверно. Можно выйти на улицу и дойти — ну хоть до Черёмушкинского рынка. И сюжет уже готов.

У него иконописное лицо с тонким профилем и грустными глазами, широкие плечи и мощные руки, которыми он легко тягает деревянные подрамники.

Он красив и, почему-то мне кажется, очень несчастлив. Хотя, возможно, я придумываю.

— Вы написали мой сон, эту картину я уже видела много лет назад. Я даже придумала ей название: «Энтропия».

Он улыбается в ответ и просит не называть его по имени-отчеству.

— А как тогда?

— Просто Вася, Вася Шульженко.

Бо́льшая часть его картин находится в частных коллекциях и в коллекциях различных музеев. Стоит ли говорить, что и коллекции, и музеи находятся далеко? Далеко от России.

Я часто думаю о том, что его персонажи давно уже стали визитной карточкой страны, в которой мы все родились. И опять вспоминаю свой страшный сон.

Оправдание

Когда читаешь слова, обращённые к тебе и написанные после двадцатилетнего перерыва самой лучшей на все времена подругой: «Как долго я тебя ждала», — понимаешь, что в жизнь вернулось что-то очень важное, что-то совершенно необходимое.

Зачем надо было жить двадцать лет друг без друга? Помня и справляя любимый день рождения со старыми фотографиями, поставленными рядом с бокалом вина, и в одиночестве шёпотом читая любимые стихи, которые когда-то читали вдвоём и почему-то тоже шёпотом?

Знаете, у меня есть одно оправдание. Без этой разлуки не было бы многого из того, что я написала. Не было бы книги «Посвящается дурам», не было бы «Флорентийских колоколов». Не было бы «Маленькой Луны».

Когда душа плачет, она может многое.

Поспорим?

Спрашивают, почему я не участвую в дискуссиях. Отвечаю: потому что, на мой взгляд, в дискуссиях, читай спорах, истина не рождается. А рождается раздражение. И никогда ещё оппонентам не удавалось убедить друг друга в собственной правоте.

Корзиночка на животе

Сначала нас отделяли только кусты смородины, потом вдоль кустов появился заборчик — сетка рабица, но это совсем не мешало нашим матерям общаться. Садовые участки с нарезкой по шесть соток — это одна большая коммунальная квартира, и всё, что происходит на соседних участках, видно и известно всем.

Сын наших соседей, такой же школьник, как и я, только чуть моложе, каждое лето проводил на родительской даче. После окончания института с работой у него как-то не заладилось, поэтому занимался он в основном огородом: ходил между грядок с корзиночкой на животе, собирал ягоды или что-то другое или же, наоборот, боролся с вредителями. Корзиночка висела на верёвочке, перекинутой через шею.

Минуло первое десятилетие нашего соседства, потом второе, потом незаметно натикало тридцать лет и бешено продолжало тикать дальше, заваливая за четвёртый десяток.

Каждый раз, приезжая к родителям на дачу, я видела на соседнем участке крупную сутулую фигуру с корзиночкой на животе. Меня он не замечал. Интервалы моего отсутствия на даче и в стране ничего не меняли. Он всё так же ходил между грядками и кустами и что-то собирал в корзиночку. Я начала её бояться ещё в студенческие годы. Потому что у меня были большие планы на будущее, а она меня сбивала с толку. Но — обошлось.

Последний раз я встретила нашего соседа, когда продавала дачу, которая после ухода родителей медленно умирала. Видеть это умирание было невыносимо: на маленьком клочке земли, так любимом нашей семьёй, казалось, ещё шелестели тени нашей прошлой, такой счастливой жизни. С летними купаниями, чаепитиями под большой яблоней, долгими вечерними разговорами и ночным ароматом жасмина. Щитовой дом и летняя кухня десять лет простояли необитаемыми, пока я не решилась проститься с ними навсегда. Прошлое восстановлению не подлежало. Я не могла.

Документы были уже оформлены, мой покупатель что-то спрашивал меня о ключах и дачной мебели. Я плохо понимала, о чём он говорит. Главное было — не завыть в голос.

На соседнем участке, на крыльце, стоял пожилой мужчина с совершенно седыми волосами. Сначала сквозь слёзы мне показалось, что я его не знаю, потом я заметила корзиночку на его животе. И поняла, что этот седой старик — наш сосед. И что жизнь, в общем-то, прошла.

Серый цвет

Еду в метро, наблюдаю за пассажирами. Напротив сидит немолодая женщина с книжкой в руке, что само по себе встречается нечасто.

Видно, что тётка замучена жизнью и по случаю морозов (минус пять!) закулёмана не пойми во что, как пленный немец.

Рядом с ней сидит немолодая добропорядочная индуска с «пятнушком» между бровей, «камушком» в носу и пр. И тоже закулёманная: чуть ли не мешок на голове.

И тоже смотрит в ту же книгу — через плечо соседки. Обе не могут оторвать глаз от текста и зачарованно покачивают головами.

Я пытаюсь рассмотреть название на обложке: «Fifty Shades of Grey» — «Пятьдесят оттенков серого». Эх, а я-то думала…

Когнитивный диссонанс

Героиня знаменитого французского фильма «Амели» коллекционировала оргазмы. Она была дурочка, если кто не помнит.

А я — умная, и мне нравится собирать когнитивные диссонансы или то, что таковыми мне кажется.

Ну вот, например:

Когда-то я общалась с одной девицей. Вернее, общалась она, а я от общения отлынивала.

С превеликим трудом в тридцать с лишним лет выходит она замуж, а потом с героическими усилиями рожает ребёнка.

Однажды я вижу такую картину: она кормит свою полугодовалую дочь дефицитным в то время детским болгарским «пуре», тем, что в маленьких баночках продавалось, а сама чуть не плачет. Оказывается, «пуре» значительно просроченное.

Я в ужасе кричу: «Ты что, обалдела, ребёнка отравить хочешь?»

Она мне, вытирая слезу: «Ну не выбрасывать же!!!»

Единомышленник

Кто мог подумать, что это слово станет важнее, чем слова «друг» или «подруга»?

Потому что единомышленник — это всё. Это может быть друг, подруга, хороший знакомый, талантливый человек, это муж или жена. Счастливы люди, у которых есть единомышленники.

«Я здесь, я рядом. Это ничего, что мы никогда не видели друг друга в глаза. Зато я чувствую твоё рукопожатие. Мы с тобой одной крови, мы с тобой понимаем друг друга. Мы — единомышленники».

Всё, что касается нынче дружбы — и реальной, и виртуальной, прежде всего проходит самый главный, самый важный тест: мы — единомышленники.

Когда-нибудь, наверное нескоро, мы вспомним это время. И спросим друг у друга: «Ты помнишь, как это было? Даже тогда, когда хуже вроде и некуда, мы понимали друг друга, мы верили друг в друга, мы были единомышленники».

Парад победителей

Давайте я расскажу о том, что было в 1995 году на пятидесятилетие Победы.

Тогда в первый раз задумали сделать парад фронтовиков — пустить по Красной площади ветеранов. Для этого их за полгода начали тренировать. Они приезжали к восьми утра на разные плацы, ходили по нескольку часов, учились заново ходить шеренгой, тянуть ногу и прочее.

Чтобы быть допущенным к параду, каждый должен был пройти медкомиссию. Допускали только тех, кто был «более или менее» на ногах. Тех, кто был слишком стар или слишком болен, выбраковывали.

Вы видели, как плачут от обиды старики-ветераны? Вытирая по-детски слёзы, которые бегут по щекам? Не дай вам бог. Правда, теперь уже по-любому увидеть это не придётся…

На тренировки по отработке шага приезжали счастливчики, кого допустили: и старики, и старухи. Все — с больными ногами, давлением и прочим, но все держались. Складывали свои сумочки-пакетики на газон и ходили по нескольку часов. Иногда кому-то становилось плохо, но виду такой старик или старуха не подавал, и никто рядом их не выдавал. У всех в карманах лежали лекарства: они знали, что нужно делать.

В день парада отец встал в три часа утра. По такому случаю я приехала к родителям домой и собирала его вместе с мамой. Помню, как тщательно он брился и как тряслись у него от волнения руки.

Потом он позвонил своему фронтовому товарищу и каким-то придушенным голосом спросил: «Петька, ну ты как, готов?» Петька был такой же, как отец, старик, ещё старше. Просто они на всю жизнь остались друг для друга Петьками, Лёшками,

Сашками — эти когда-то необыкновенно красивые, смелые, как черти, боевые лётчики, а на самом деле — просто мальчишки.

Когда уже после парада я, увозя отца из центра города домой, спросила, как же он выдержал такую чудовищную нагрузку, он сказал:

— Так мы же поддерживали друг друга.

— Как? — спросила я.

— Мы договорились идти очень тесно. Чтобы поддерживать друг друга. Плечами…

О памятных датах

На днях была памятная дата — шестьдесят пять лет назад «Лучший друг физкультурников» прекратил терзать вверенную ему страну.

Есть замечательный сайт, там собраны истории людей, которые всё это видели и пережили.

Я тоже хочу сказать несколько слов.

В 1932 году мои дедушка и бабушка переехали жить с Никоновки (район Новослободской) на Чистые пруды. Там они прожили полвека.

Там вырастили своих детей, там жила и я. И для меня на всю жизнь малая родина и самое лучшее время в детстве — это Чистые пруды.

Там старые деревья ещё помнят нашу семью, и там до сих пор стоит наш дом. Дом смотрит на пруд, а стоит он строго напротив театра «Современник». (Раньше к/т «Колизей»)

Балконы там расположены попарно. Квартиры находятся в разных подъездах, а их балконы — почти вплотную друг к другу.

Мой дед при советской власти был военным инженером. Он был беспартийным и абсолютно не советским человеком. Но тем не менее его ценили и даже дали квартиру в доме, где жили разные большие военачальники.

Дед с бабушкой были немного знакомы с семьёй из соседнего подъезда. И это их балкон находился по соседству с нашим. Отец семейства там был очень большой начальник, носил на форме «четыре ромба», что соответствовало какому-то генеральскому званию. Жена его не работала и была женщина совершенно беспомощная. У них росло трое детей.

Когда в 37-м году арестовали этого генерала, его жена и дети начали голодать. Но соседи по дому боялись даже близко к ним подходить.

Моего деда тогда отправили на Урал в принудительную командировку, бабушка была одна с двумя сыновьями. И каждый день она ждала известия о том, что деда там посадили.

А рядом семья уже по-настоящему голодала.

И вот бабушка с моим отцом, который тогда был подростком, приспособились по ночам, лёжа на полу балкона, передавать еду на соседний балкон. Там на полу лежала и принимала передачи дочка этого генерала Рита. Балконы имели кирпичные стенки, но они не доходили до пола, и в этот зазор протискивали миски с кашей и хлеб.

Так продолжалось долго. И я уже никогда не узнаю, как же они все умудрились выжить. А тот генерал из лагеря так и не вернулся.

Рита в детстве дружила с моим отцом, потом отец ушёл на фронт, а она поступила учиться, и потом работала преподавателем английского языка.

Пока живы были дед и бабушка, она регулярно навещала их и поздравляла со всеми праздниками. Когда мне надо было поступать в МГУ, она, уже не Рита, а Маргарита Карловна, сама занималась со мной английским.

Она всю жизнь относилась к моим родным как к спасителям. Наверное, так оно и было.

«Чучело»

Рождённые в СССР делятся ещё и на тех, у кого более или менее получается досмотреть фильм «Чучело» до конца, и на тех, кто досмотреть не может. А может просто признаться: «Чучело — это я».

В действительности «чучел» намного больше, чем кажется. Сильны демоны прошлого, и весёлое пионерское детство не отпускает. И не отпустит никогда.

Мне тоже есть чем гордиться

Из подборки «Чем мы гордимся» собственной выпечки:
Некоторые женщины любят рассказывать о том, что в детстве они дружили только с мальчишками.

Попытаюсь тоже погордиться: в детстве я вообще мало с кем дружила. Но если дружила, то только с девчонками. И вообще, до наступления поры активного полового созревания (было дело, не отпираюсь) мальчики мне казались серой, малоинтересной массой, отстающей в развитии на жизнь.

Шли годы, или, как сказала бы Дуня Смирнова, «смеркалось». И настал день, когда выяснилось, что есть те, кто старше на двадцать и более лет, и что с ними можно общаться на равных. А потом, когда мне самой стало заваливать за сорок, как-то незаметно стало очевидным, что и ровесники могут сгодиться для дела. (Не спрашивайте какого.) Сейчас я с удовольствием общаюсь с мальчишками-«полтинниками» и удивляюсь, почему же раньше они были мне совершенно неинтересны. Хотя на самом деле ответ знаю прекрасно. Так же, как и вы.

Как это было

А давайте я расскажу, как проходил сегодня семинар Американского ПЕН-Центра.

Дело было утром. В 8.30 началась регистрация приглашённых писателей и поэтов.

До девяти народ пил кофе с бубликами, которые предлагались в качестве второго (а у кого-то и первого) завтрака.

Это было очень своевременно и приятно. И совершенно бесплатно.

В девять начался семинар. Ну, собственно, там рассказывали о том, как использовать социальные сети, как наиболее эффективно работать со своим агентом (ну да, если он есть) и издательством и пр. Сидели перед нами три приятные и умные тётки и делились своим нажитым по этой части опытом. Потом, как водится, была дискуссия, вопросы и пр.

Но я не об этом. Я о том, что на семинар пришли американские писатели. Но никто из них не воображал, никто не тянул одеяло на себя, никто не боролся за корону, за трон, за «скипетр и державу». Я имею в виду ту «державу», которую в руке держат.

Сидели себе, жевали свои бублики, перекидывались шуточками, прилежно записывали какую-то интересную для них информацию.

И даже не подозревали, какую радость они мне доставляли.

Это я к тому, что правду говорят, что чем значительней человек, тем более естественно и дружелюбно он себя ведёт.

А, про бублики: это было очень вкусно, потому что я обычно их не ем, так как худею. А тут себе разрешила. И вот сидела я среди умных, воспитанных людей, слушала интересные выступления и думала о том, что в следующий раз обязательно опять приду на такой семинар. В конце концов, где ещё я смогу съесть свой бублик?

Мне нравится

По-настоящему жизнь начинает играть всеми красками вовсе не в молодости. Когда уходит в прошлое лихорадка романтических отношений (далее все всё знают), на её место заступают совсем другие интересы.

Взрослые дети и, у кого есть, внуки, вдруг открывшаяся способность чувствовать жизнь во всех её невероятно разнообразных проявлениях, природа, возможность не только влюбляться, но и просто, с удовольствием и вкусом, дружить с мужчинами и при этом «не краснеть удушливой волной, слегка соприкоснувшись рукавами ... »

Это я пишу о нас, о девушках. Как там у мужчин — не знаю. Не исключено, что они таки решили оставаться молодыми навсегда. И это им, а не нам «всегда будет тридцать девять лет и ни днём больше».

Не для слабаков

«Старость — не для слабаков», — сказала как-то актриса Татьяна Друбич.

Кто бы спорил, но не я. Конечно, не для слабаков. И юность тоже не для слабаков, а уж про детство и говорить нечего. Жизнь вообще не для слабаков.

Тяжёлое это дело — особенно когда по первому разу. Получится ли во второй раз? Думаю, что сами мы об этом в любом случае ничего не узнаем. Так что придётся мучиться здесь и сейчас.

И вот, «земной свой путь пройдя до половины», а потом ещё чуть-чуть и ещё лет десять после этого, осознаёшь, что наступил интересный возраст, когда ты уже мало что можешь, но много чего должен в своём багаже уже иметь.

Если бы кто меня предупредил, что в наши годы (апеллирую к ровесникам) будет так, я бы и стареть тогда не стала. Но всё обстоит именно таким образом, и никто ничего отменять не собирается.

Оказывается, наступает в нашей жизни время, когда для того, чтобы себя уважать, нужно самому же себе предъявить тот самый итоговый результат. Хорошо, пусть не итоговый, пусть промежуточный. Но всё равно, когда ты уже большой мальчик или большая девочка, он должен быть.

И тут мы вспоминаем про дом, про дерево, про сына и про настоящего мужчину, которому к определённому сроку нужно всё это уже иметь, и лучше, если в ассортименте. А если ты женщина, то тебе нужно иметь всё вышеназванное плюс самого мужчину. А иначе как-то даже неприлично.

А если не получилось, если нет ни дома, ни дерева? Ни сына. Ни мужчины. И вообще всё сложно? И только ты один знаешь, каково это? А если всё это есть, но всё равно тяжко?

Коварство поздневзрослого возраста заключается в том, что трудно что-либо изменить, так как нет не только сил, главное — нет времени. Теперь уже всё понятно про жизнь, да, она не для слабаков, но самое интересное наступает, оказывается, именно сейчас, когда хочется чувствовать себя значительным, успешным и уж никак не хуже других.

Это же только на тренингах по психологии говорится, что сравнивать себя нужно не с другими, а с самим с собой прошлым. А на самом деле мы только и делаем, что сравниваем себя с остальными, особенно с теми, кто, в наших глазах, преуспел. И здесь у каждого так много вопросов, на которые чаще всего не существует ответов.

Что делать, если ты ушёл в отрыв, и что делать, если ты безнадёжно отстал?

А чаще всего и то, и другое. Всегда есть кто-то, кого нам не догнать, и есть кто-то, кто хотел бы догнать нас.

Наверное, надо набраться мужества и идти своим путём. Не гнать лошадей, финиш и так раньше или позже, но обозначится. И не бояться тех, кто дышит в затылок.

Только где для этого взять ума, силы и выдержки? Только в своих собственных закромах. Никто не придёт, не поможет и не научит, если говорить всерьёз. Помощь извне — не самый лучший попутчик, тяжкий путь познания — процесс исключительно интимный.

Да, старость не для слабаков. Но выход есть. Он всегда есть, если поискать. А здесь и искать ничего не нужно: можно пока о старости не думать. А вот не думать, и всё.

В конце концов, это не возраст, а состояние души. И, может, мы ещё что-то успеем? Если не добежать до канадской границы, то, к примеру, сделать что-то хорошее. Чтобы вспоминать об этом с радостью и благодарностью к тем, кому наша помощь и тепло понадобились, потому что тогда и стареть не так страшно.

О чувствах

Первое, что «савецкий» социум пытался истребить в человеке, пока тот ещё мал, робок и доверчив, было чувство собственного достоинства. Поэтому с этим недоразвитым и изуродованным, а часто просто раздавленным чувством мы и вступали в жизнь. И как результат — внутренняя готовность к тому, что любой мотылёк, облечённый властными полномочиями хотя бы на час, оттопчется на тебе, просто потому, что, может, больше для него такой возможности не представится…

Чайная роза I

Наш филологический факультет МГУ называли «институтом благородных девиц», и это было похоже на правду. Никогда больше я не видела такой плотности молодых и красивых дев. И почти все, в придачу, — умницы! Хотя и дур среди них было тоже немало. К нам приезжали знакомиться, дежурили в раздевалке или у дверей нашего гуманитарного корпуса на Воробьёвых горах (мой первый муж «образовался» именно так), и лично я совершенно не страдала от того, что мальчиков среди наших студентов не было вовсе, за исключением нескольких экземпляров, с кем наши профессора связывали серьёзные надежды на будущее отечественного языкознания и литературоведения.

Но в дальнейшем получилось так, что я работала в карьерной организации (дело было в Москве), где карьеру делали, естественно, кто? Мужчины. Поскольку женщине сделать карьеру в советском учреждении можно было либо через партком, либо через другое место.

Меня не устраивал ни первый, ни второй варианты, и я пошла, что называется, «по профсоюзной линии». Но я понимала, что никогда, никогда мне не догнать своих ровесников, имевших счастье носить в младенчестве мальчиковые ползунки голубого цвета и позже уверенно осваивающих служебные высоты. Гендерная дискриминация — страшное дело.

Время шло, «савецкие оковы пали», наступила пора корпоративного бизнеса, и я стала большим начальником. Без парткома и без другого места. И опять началась жизнь среди мужчин. Я к ней уже привыкла и знала, что, если не будешь показывать зубы, сожрут, затопчут и не вспомнят, как «хороши, как свежи были розы», и в их числе я — в душе такая томная, такая чайная…

Воевать с мужчинами на служебном поле — дело неблагодарное. Всё худшее, чем располагало моё «эго», мне пришлось за годы государственной службы и работы в корпоративном бизнесе держать в боевой готовности. Я редко вспоминала в то время о том, что я — как бы девочка и что это огромная привилегия, подаренная мне природой.

Мне никогда не хотелось стать мальчиком. И отсутствие одной штучки, которая есть у мальчиков, тоже меня никогда не заставляло страдать. У нас, у девочек, и без неё всё замечательно устроено. Мальчики не дадут соврать. Кроме того, у нас есть священное право торчать перед зеркалом, плакать, чтобы добиться своего, сплетничать, делать глупости и любить розовый цвет.

Жизнь доказала мою правоту. Я давно уже не работаю. Больше всего я благодарна замечательному времени, что наступило после моего ухода с работы, за то, что оно мне позволило опять почувствовать, что я девочка, что мне простительно делать глупости и любить розовый цвет.

«Независимая газета». Рубрика «Стиль жизни»

Чайная роза II

Говоря серьёзно, страшнее гендерной дискриминации может быть только возрастная. Я прошла через то и другое. И сейчас я расскажу, «из какого сора» произрастают успешные карьеры с красивыми должностями.

Когда ваше продвижение по службе страдает от того, что вы не мужчина, можно утешиться тем, что вы — женщина, со свойственными многим женщинам обучаемостью, креативностью, добросовестностью и ориентированностью на результат.

Чем утешиться, когда тебе говорят не просто «Молчи, женщина!», а «Молчи, старая женщина!», науке пока неизвестно. Практически как наличие жизни на Марсе.

Есть ли жизнь на Марсе, нет ли жизни на Марсе — никто не знает. А дальше «Пять звёздочек», в том смысле что коньяк, и лезгинка по сцене с портфелем в зубах…

В самом начале девяностых, на заре становления международного корпоративного бизнеса в России, Москву наводнили иномарки с номерными знаками жёлтого цвета, а на работу стали принимать не по знакомству и не по блату, а по конкурсу.

Я прочитала в газете «The Moscow Times» о вакансии в крупной западной компании и решила рискнуть. Для начала требовалось пройти собеседование в рекрутинговом агентстве. Чтобы не томить вас, читатель, а скорее всего читательница, сообщаю, что собеседование я прошла успешно, конкурс выдержала и скоро вступила в хорошо оплачиваемую должность ведущего менеджера почтенной британской компании.

Всё было волшебно, если бы не одна маленькая деталь, где, как известно, и любит скрываться дьявол. И не один.

Возрастной ценз для должности, на которую я претендовала, был двадцать девять лет. И это было прекрасно, потому что среди обычных требований к соискателям на серьёзные позиции с высокими окладами в те годы были идущие в связке обязательный большой опыт руководящей работы и чтобы не старше двадцати пяти лет от роду. Да, всё именно так, я ничего не путаю. О гендерных предпочтениях не упоминалось, но они, конечно же, подразумевались. Здорово, правда?

Короче, при прохождении собеседования и при оформлении на работу я совершила подлог — хладнокровно обманула людей, которые доверились мне, скостив себе десять лет.

Документы в те смешные времена никто не спрашивал, потому что глупые дети туманного Альбиона не понимали, что делать с нашими трудовыми книжками и прочими «корочками».

Скоро мой обман открылся. Пришлось «внести уточнения», сославшись на «miscommunication», плохой слух принимающей стороны и прочие досадные мелочи.

Но было уже поздно: выяснилось, что даже среди женщин старше двадцати девяти лет встречаются отдельные особи, способные разрабатывать успешные стратегии продвижения брендов на российском рынке.

Поэтому меня не уволили и даже не пожурили. Потому что они же были глупые, в том смысле что англичане. А скоро я вообще стала начальником. У меня появился служебный автомобиль с теми самыми жёлтыми номерами и водитель Сашка в придачу.

Немножко о деньгах, которые нехорошо считать в чужих карманах. И не надо, я вам сама всё расскажу.

На те деньги, что я зарабатывала в те далёкие уже поры, мне удалось сделать много хорошего. Ну, например, отдавать с каждой валютной зарплаты в госбюджет 30% подоходного налога, поскольку это было ещё до того, как ввели 13%.

Хочется верить, что эти тысячи и тысячи долларов пошли, конечно же, на строительство детских садиков и обустройство больниц.

А ещё мне удалось кое-что сделать для своей семьи, не избалованной материальным благоденствием. Самое лучшее и умное из этого — я купила своим родителям, которые всю жизнь ездили на реликтовом экземпляре «копейки», новую машину и навела порядок на их шести сотках. Господи, спасибо тебе: я успела это сделать, прежде чем они ушли.

А если кто-нибудь попробует напомнить мне, что обманывать кадровые службы нехорошо, я знаю адрес, по которому он отправится. Это будет совсем не эротическое, а скорее проктологическое путешествие. Путь будет долгим, но оно того стоит.

Прошли годы, и мы узнали, что на нашей земле обетованной тоже случаются затяжные экономические кризисы. Ушли в прошлое автомобили с жёлтыми номерами, остался без работы мой водитель Сашка. Прощались мы со слезами и обещаниями не терять друг друга. Началась новая жизнь, нужно было опять трудоустраиваться.

У меня за спиной был опыт работы, приличная репутация, и захотелось мне, как той бабке с корытом, ещё немножко продвинуться по служебной лестнице. Стать если не владычицей морскою, то хотя бы каким-нибудь региональным директором или там, прости господи, «вице».

Корпоративные горки оказались крутыми, и укатали они в том числе и меня. Поэтому во второй раз я не рискнула бы сбавлять себе десять лет. Ну, в крайнем случае, девять.

Но это было уже совершенно невозможно: резюме на русском и английском языках, паспорт, трудовая книжка, анкеты — всё по-взрослому. А мне и не страшно! Я была «спокойна и упряма» и была готова «от жизни получать радости скупые телеграммы». Но телеграммы приходили на другие адреса, а мне сказали, что я не подхожу по возрасту.

В первый раз я только сардонически усмехнулась, запахнула воображаемое манто и пошла в другое рекрутинговое агентство, которое годами обрывало мне телефон с заманчивыми предложениями, а потом — в третье.

Но оказалось, что мой поезд ушёл. Я ещё долго боролась за права престарелых, доказывая, что мои пятьдесят лет — это прекрасно, в том числе и для моих потенциальных работодателей.

Ну, что сказать… В конце концов я нашла работу и даже опять стала начальником. Но я не люблю то время и не люблю себя в том времени. Вокруг меня были молодые амбициозные мужчины, а я была немолодая и совсем даже не мужчина, а сами понимаете кто, даже страшно произнести.

В рабочее время я огрызалась, а по ночам тихо плакала, вытирая слёзы (на самом деле, конечно, нос), как моя «Маленькая Платонова», краем пододеяльника.

И опять прошли годы. Они же только и умеют или идти, или бежать. Не задерживаясь.

Сейчас я люблю свой возраст, и мне нравится моя жизнь. По-моему, я где-то уже написала про дурочку и розовый цвет. Да, всё так и есть. Это я вам как бывший директор по маркетингу британской корпорации и вице-президент американской компании говорю.

«Независимая газета». Рубрика «Стиль жизни»

Квантовый переход

Недавно меня попросили ответить на вопрос: «Что, по-вашему, есть счастье?» Был тогда соблазн сказать, что это шоколад и бананы, которые способствуют выработке серотонина, каждый день и в большом количестве. Но, увы, это не совсем так. Можно до тошноты наесться этими вкусными и полезными продуктами, а потом уйти в ванную плакать.

Счастье кратковременно, непредсказуемо, и природа его плохо поддаётся объяснению.

Несколько дней назад я прочитала, что зоопарки и цирки с участием животных будут запрещены на международном уровне. И, читая это, испытала счастье — тихое, ничем не замутнённое. Возможно, несколько лет назад это сообщение я не заметила бы, потому что это не входило в круг моих жизненных интересов. Раньше мне было бы всё равно, а теперь нет. А почему — не знаю.

То же самое произошло и с вопросом употребления в пищу ушастых, хвостатых, пушистых, с розовыми носами или же звонкими копытцами. Это я о них — о стейках и котлетах, о шашлыках и прочих кебабах. Что-то изменилось во мне, а я и не заметила, когда и как.

Учёные утверждают, что в 2014 году произошёл некий таинственный квантовый переход человечества, когда плотноматериальная природа Земли и людей поменялась на тонкоматериальную. (Про 2014 год и про всё, что он нам подарил, кроме радости квантового перехода, я тоже помню.)

В любом случае то, что раньше было далеко и небольно, теперь стало близко и очень болит. Невозможность употреблять в пищу тех, кто вчера бегал по траве и доверчиво упирался кому-то в колени, пришла сама собой. И никуда не уходит уже несколько лет. И я не хочу, чтобы она уходила. В принципе, уже пора кидать в меня камни и называть меня идиоткой, хотя я ещё не закончила. Дальше будет ещё хуже.

Как талантливо умеет смеяться жизнь… Самая элегантная в моей жизни шуба, она же подарок мужа, не первый год немым укором висит в шкафу, и я стараюсь на неё не смотреть. Интересно, сколько красивых, умных, грациозных зверей извели на то, чтобы мне было даже не столько тепло, сколько приятно? Во многих странах носить натуральный мех неприлично. Но почему же раньше я этого не понимала, почему с удовольствием надевала на себя преступно присвоенные по праву сильного шкурки когда-то живых существ? Господи, а ведь ещё есть дублёнки и «угги»! Мы же помним, из кого их делают. А ещё есть лайковые перчатки и модельная обувь «на кожаном ходу»…

Нет, квантовый переход, наверное, ни при чём. Я помню, как это было задолго до него, в те поры, когда деревья были большие, а я — маленькая. Много-много лет назад родители моей школьной подруги держали в своей московской квартире перепелов. Купили здоровую клетку, посадили туда две пары птиц, после чего в течение нескольких лет имели к завтраку перепелиные яйца. Однажды я увидела, что клетка опустела. На мой вопрос, куда делись птички, подруга мне ответила: «Мы их съели». И рассказала, что сначала они своих перепелов обезглавили, потом ощипали, потом бросили в кастрюлю с кипятком и сварили. А потом съели.

Я не могу поверить, что все читающие эти строки сейчас пожмут плечами и скажут: «Ну и что тут такого?» Что-то с нами со всеми не так. Мы не имеем права распоряжаться чужими жизнями. Мы со своими-то разобраться не умеем, но при этом с лёгкостью казним или милуем тех, кто имеет несчастье жить рядом с нами.

* * *

Каждый год у нас на речке, я имею в виду East River в Нью-Йорке, утки выводят птенцов. И каждый год я смотрю на этих малявок, похожих на плавающие одуванчики, фотографирую их и радуюсь тому, что они дикие и что их, как тех перепелов, никто не съест. К концу лета эти птичьи малыши подрастут, станут сначала смешными и голенастыми, а потом взрослыми и красивыми птицами и следующей весной сами прилетят сюда же.

«Всё опять повторится сначала», как поётся в песне «Я люблю тебя, жизнь». Они ничем не обязаны человеку, и это их большое везение. И они родились в стране, где их никто не обидит, — большая удача для них и ещё один маленький повод для счастья для меня.

Мне не нужны бананы и шоколад. Вот он, мой серотонин, — качается себе на волнах, деловито потряхивая крошечными крылышками.

* * *

Родительские шесть соток, которые мои мама с папой гордо именовали дачей, находились совсем близко от Москвы — за тридцать километров. И к несчастью, рядом с нами были озёра, камышовые заросли и утиные гнездовья. Впрочем, почему «были»? Озёра есть и поныне, и всё там, наверное, осталось по-старому. Каждое лето в начале августа рядом с нашим посёлком раздавались первые пробные выстрелы, а в день открытия охотничьего сезона начиналась канонада. Кто-то целился и стрелял, а кто-то камнем падал в воду. И всё.

И каждый раз, когда мы слышали эти выстрелы, отец хватался за голову и повторял: «Дикари, ну какие же дикари!..» Он был военный лётчик, как когда-то писали, человек отчаянной смелости, прошёл войну и имел множество боевых наград. Но смириться с отстрелом птиц, имевших — нет, не глупость, а доверие свить гнёзда рядом с огромным городом, населённым людьми, так и не смог.

* * *

«Зачем?» — я задавала этот вопрос ещё в раннем детстве. Наверное, можно вспомнить, что Лев Николаевич в молодости был страстный охотник. А ещё можно вспомнить знаменитую сцену травли волка из романа «Война и мир». Тридцать или сорок вооружённых людей гонят одного зверя, а потом радуются тому, что справились.

В младших классах на мои вопросы мне отвечали, что охота — это хорошо и даже полезно для природы и что, например, такой гуманист, как Владимир Ильич Ленин, тоже любил побаловаться ружьишком.

«Ружьишком» любят побаловаться и многие из тех, кто сейчас на виду и на слуху. Вон фотографии, выложенные в интернете, где лежат рядами 170 убитых зайцев, а вот — 150. Меньше ста — просто несерьёзно, не стоит и хвастаться в Сети.

Парадные фотографии с убитыми лисами и оленями, домашние интерьеры, заставившие не одного таксидермиста за их хозяев Бога молить и свечки ставить. Это когда по периметру трёх этажей особняка висят чучела тех, кто когда-то бегал, прыгал, кормил своих детей и валялся в траве.

Интересно, как спится этим людям в таких населённых страданием и смертью домах? И что снится им по ночам?

А ещё очень хочется знать: ну зачем «Ларисе Ивановне», которую когда-то так хотел герой «Мимино», надо было убивать медведя и брать с собой для этого ещё и свою дочь? Чтобы потом, положив ружьё на колени и распустив локоны по плечам, позировать в формате «мать и дитя» на фоне погубленного зверя?

* * *

В человеке, говорят, есть что-то от Бога и что-то от зверя. Не готова согласиться. Потому что если бы в человеке было что-то от зверя, то к Богу он был бы намного ближе.

Да, так о чём это я? О счастье. В Индии дельфинов признали личностями и запретили дельфинарии.

«В Голландии после нескольких лет судебных баталий апелляционный суд ясно дал понять, что варварской меховой промышленности в этой стране должен прийти конец», — это строка из новостей, я просто её скопировала.

А в Москве месяц назад прошла очередная выставка бездомных собак «Всем по собаке», и там это счастье было всех мастей и размеров — приходи и забирай. И ведь приходили. И забирали.

И ещё. Как много появилось удивительных фотографий зверей, птиц, насекомых, всего-всего, что тоже живёт на Земле… Они говорят об одном — о том, как прекрасен и разумен этот, оказывается, совершенно неизвестный нам мир, где улитка может играть со струями воды, цыплята могут дружить с кошками, а курица — «высиживать» щенков. Хотела написать «чужих» щенков, потом сама начала смеяться. Ну а какие же ещё для той курицы могу быть щенки, не свои же? Но оказывается, что свои…

* * *

Думаю, что таинственный квантовый переход человечества к тонкоматериальной природе совершается в индивидуальном порядке. И обстоятельства места, времени и образа действия у каждого здесь свои, а суть одна: заглянуть в себя и вспомнить время, когда наши деревья были большими, а мы сами — маленькими и добрыми. И может быть, это и есть счастье. Просто мы об этом ещё не догадываемся.

«Независимая газета». Рубрика «Стиль жизни»

Как закалялась сталь невежества

Помните ли вы один эпизод из замечательного фильма «Сладкая женщина»? Героиня дорвалась до власти, она больше не стоит у конвейера, по которому стройными шеренгами уходят в большую жизнь одетые в яркие фантики шоколадные конфеты, а распределяет путёвки в профкоме своей фабрики.

К ней приходит пожилая работница, её бывшая напарница по конвейеру, и просит выделить ей путёвку в профсоюзную здравницу. Получив от героини Гундаревой хамский отказ, она с укором замечает, что её, женщину простую, обидеть легко, тем более что она малограмотная. Во время этой сцены мы испытываем отвращение к героине Гундаревой и всей душой сочувствуем «простой женщине».

Сколько раз на этом моменте я спотыкалась! Дело происходило в 70-х годах, «савецкой» власти шёл уже шестой десяток. Как эта «простая женщина» смогла так сохраниться? Почему она осталась малограмотной? Она не училась в школе? Но у нас всеобщее среднее образование. Может быть, она родилась до революции, или до того 13-го года, с которым надо было сравнивать у нас решительно всё? Нет, она была совсем нестарая, чуть постарше той разожравшейся росомахи, что пожалела для неё путёвку.

Кто в детстве хорошо учился, тот помнит: часто это обстоятельство вызывало раздражение не только учеников, но и учителей. В школах попроще отличников, как правило, били. Но при этом списывали у них задачки.

Учителя требовали, чтобы «сильные» брали на буксир «слабых». А если ты этого делать не хотел, тебя записывали чуть ли не во враги народа.

Я не помню ни одного случая, чтобы «тёмную» устраивали двоечникам. Они всегда были «свои ребята», им надо было помогать и уважать их за то, что им трудно.

Отличник в школе — это очкарик, зануда, зубрила, выскочка, падла высокомерная. Можно вспомнить ещё много разных слов, которыми награждались те, кто имел несчастье учиться хорошо. Отличников сторонились, их не любили, отличники несли эту дефиницию в табели о школьных рангах как тяжкий крест.

Что мешало троечникам и двоечникам сидеть над теми же учебниками, решать те же задачки и писать сочинения на ту же тему? Возможности в том, «савецком» детстве были примерно одинаковые. И в школу все ходили пешком и жили примерно одинаково нище. Элитные учебные заведения для номенклатуры я не имею в виду. Не была, не знаю.

Мешало, прежде всего, то, что учиться плохо было не стыдно. Так называемые простые семьи, где не принято учиться вообще, где «из забоя в запой» и обратно, были самыми почитаемыми, они были наш пролетариат. В детстве я всё пыталась найти этот самый пролетариат, который и был нашим гегемоном. А находила в основном алкоголиков. Они сами никогда не хотели учиться и детям завещали то же самое.

В начале 2000-х годов в Москве был у меня конфликт с уборщицей, которая не убирала наш подъезд. Числилась на работе, деньги получала, но ничего не делала, заходила для того, чтобы у окна покурить.

Когда однажды я привела тётеньку из ЖЭКа посмотреть, что у нас творится, наша не-уборщица была там и, как обычно, курила.

Вердикт был таков: уборщица — бедная простая женщина, она без образования, и её нигде, кроме ЖЭКа, на работу не берут. А я — бессердечная тварь есмь. И даже не хочу войти в её положение — каково это возиться с вонючей тряпкой и подтирать грязь за такими, как я.

Бедная простая женщина была примерно моя ровесница, то есть вполне половозрелая, но ещё не старая дама. На мой вопрос, а что она делала после школы, она, потупив взор, отвечала, что «сначала дружила, а потом сделала аборт». На мой второй вопрос: «А учиться никогда не пробовали?» — она посмотрела на меня затуманенным от слёз взором и с недоумением спросила: «А зачем?»

У этой истории закономерный финал. Не-уборщица не устыдилась и не взялась за ум. А вот моя жизнь после этого разговора усложнилась. Но, собственно, свою лестничную площадку я мыла сама и до того. К тому же мне повезло, что мы встретились уже взрослыми тётями, когда никто не мог заставить меня взять эту бедную простую женщину на буксир, как это было не раз во времена моего школьного детства.

Почему-то считается, что тем, кто учится хорошо, легко. А вот тем, кто учится кое-как, трудно, потому что у них нет способностей, навыков, у них нет условий. А чаще всего — желания. И что главная задача всех остальных — войти в их положение.

Но цена учебных достижений бывает разной. Рассказывать о том, что твои пятёрки достаются тебе не только за счёт выдающихся талантов, данных от Бога, но и за счёт выносливости тощего подросткового зада, не любит никто. И, как правило, те самые враги рода человеческого, которые в школе больше известны как отличники, разыгрывают одну и ту же карту. Они не хотят признаваться в том, что учебный процесс — это, прежде всего, тяжёлый труд, они прячут от одноклассников пятна псориаза, заработанного от перегрузок, скрывают свой постоянный недосып, не рассказывают о том, что очередная задачка по физике отправила на вечный покой два часа драгоценного личного времени, которого всегда так не хватает. А почему два часа, а не пятнадцать минут? Потому что способности идут с большим отставанием от волевых установок. Но признаться в этом стыдно. Больше всего отличник боится быть заподозренным в зубрёжке. Учиться надо легко и красиво, он это хорошо помнит. Тратить силы и время на учёбу стыдно, вам доходчиво объяснит любой двоечник.

Интересно и, скорее всего, закономерно, что некоторые ныне известные люди, обычно бывшие мажоры, охотно признаются, что в детстве были двоечниками. Делают это с улыбкой и скрытым чувством личного превосходства. Вспоминают о том, как ушли в старших классах из своих элитных спецшкол в вечерку. Потому что там не-учиться было легче. Потому что туда идут не учиться, а аттестат о среднем образовании получать. И вот теперь немножко полысевшие или растолстевшие, как кому повезло, они делятся своим сакральным опытом с младшим поколением, с теми, кто ещё не ушёл не учиться в вечерку. Но после подобных ностальгических воспоминаний может уйти.

Почему эти люди не скрывают этого? Потому что это — не стыдно.

И вообще, зачем мучить девочку, если она учиться не любит? Настоящий отец своей принцессе зла не пожелает, он ей этот самый «сраный аттестат» купит и преподнесёт на день рождения в качестве подарка.

Эту историю я узнала не так давно непосредственно от того самого папаши. Большой сейчас человек, между прочим. Ну, конечно, слушая это, я понимающе улыбалась, потому что решила, что шутка это такая. Но это была вовсе не шутка. Это была правда.

Ну вот, наверное, и всё, что мне хотелось бы сказать по этому поводу. «А выводы?» — спросят меня.

А выводы делать поздно. Всё уже случилось.

«Независимая газета». Рубрика «Стиль жизни»

Ода глупости

У меня нет комплексов по поводу того, что у меня есть комплексы. Фразу эту я придумала давно и повторяла её неоднократно.

Тема эта практически неисчерпаема и каждому хорошо знакома. Мне в том числе.

В качестве иллюстрации — следующая история, в которой всё правда, от первого до последнего…

Я стараюсь её не вспоминать, потому что в ней мне до сих пор непонятно всё.

Первое: зачем? Второе: как всё это у меня получилось? Третье: неужели я была такой дурой?

Короче, оканчивала я школу в годы, когда техническое образование считалось надёжным, а гуманитариев, как будущих нищих, больше жалели.

В школе меня начали жалеть заранее, ещё в десятом классе. Точные науки я не любила, но старалась держать марку: дома корпела над задачками, а в школе изо всех сил поддерживала своё реноме безалаберной отличницы. Наш математик, любимый всеми Пётр Фёдорович, потерявший на фронте правую руку, но чертивший идеальные окружности оставшейся левой, поверил мне и, решив, что во мне таки присутствует некий математический гений, как-то сказал: «Подумайте, Таня, что вы делаете? Зачем вам какой-то филфак? Поступайте в приличный технический вуз, у вас получится!» Ну и так далее.

После окончания школы мои подруги и моя школьная любовь поступили в «приличные технические вузы», а я оказалась среди них как выбракованная овца среди здорового стада.

К этому прибавилась история с одной моей близкой знакомой по Школе журналиста при журфаке МГУ, в которой я проучилась с восьмого по десятый класс. Сия девица серьёзно увлекалась кинематографом, много писала о нём и, вопреки желанию родителей, пыталась поступить во ВГИК на киноведческое отделение. И не поступила. Родители сначала устроили ей падучую, а потом строго-настрого запретили даже думать о кино, в смысле о кинематографе. А чуть позже сообщили ей, что на следующий год она будет поступать в Институт стали и сплавов. И что она туда по-любому поступит (и не её ума дело, как это получится), его закончит и будет иметь солидную специальность, которая сможет кормить её всю жизнь. Знакомая моя девица рыдала неделю, потом впрок купила тубус и стала ходить на подготовительные занятия в вышеозначенный институт. В доме её на всякое упоминание о гуманитариях был объявлен мораторий, а мне было практически «отказано от дома». На всякий случай.

Я же начала зубрить обязательную на первом курсе латынь и штудировать Аристофана с Еврипидом под сочувственные вздохи окружающих меня ровесников и представителей старшего поколения. Ощущение собственной неполноценности было десантировано на благодатную почву. Её всходы дружно взошли, заколосились и вскоре начали приносить свои плоды. Вокруг меня люди занимались серьёзными проблемами, а я изучала пьесу «Лягушки» древнегреческого комедиографа.

И вот в конце первого курса, на исходе летней сессии я решила доказать себе и другим, что я не хуже. Пошла к замдекана и упросила его отдать мне на лето мой аттестат о среднем образовании. Уже не помню, что я ему говорила, но в финале он пошёл на должностное преступление и отдал мне аттестат.

Это случилось не сразу. Я ходила к нему несколько раз, подолгу ждала его в коридоре возле дверей кабинета, слушала, как он ругался, объясняя мне, какая я дура, если не понимаю своего счастья учиться на филфаке МГУ.

Но победила молодость и глупость. Замдекана плюнул, причём в буквальном смысле слова, отдал мне мой аттестат и сказал что-то вымученно вежливое, но по смыслу очень похожее на нецензурное слово.

Свои первые студенческие каникулы я провела на складном стульчике у нас на даче, среди грядок с огурцами. Участок был новый, деревья там ещё не выросли, а были только грядки и палящее солнце. Лето в тот год выдалось, как назло, жаркое. Со шляпой от солнца на голове и школьными учебниками по физике и математике на коленках я сидела с утра до вечера и зубрила забытые уже после школы формулы, решала задачки, от которых меня тошнило, и укрепляла свой дух картинками будущего торжества. «Я вам всем покажу!» — мысленно грозила я всем технарям.

Родители понуро ходили кругами вокруг меня, а мама по ночам плакала. В редкие минуты на меня спускалось озарение, и голос разума робко вопрошал моё эго, зачем я всё это затеяла? И что будет, если я не поступлю в технический институт, и что будет, если меня не возьмут обратно в МГУ? Ведь доведённый до крайности замдекана пообещал мне весёлую жизнь, когда осенью я посмею притащиться к нему со своим аттестатом.

В августе я пошла сдавать экзамены в МЭИ. Это был в те годы «приличный технический вуз», уважаемый среди моих знакомых. Конкурс там был не очень высокий, поскольку считалось, что учиться там было сложно. Во всяком случае, пятёрки, совершенно необходимые при поступлении на филфак, там были необязательны.

Перед началом вступительных экзаменов я уже мало что понимала. Законы Ома и пьеса «Метаморфозы» Овидия, «Ифигения в Авлиде» и правило буравчика… И мои сложные отношения с моей школьной любовью. «Но ничего, — шептала я про себя: — Я вам всем покажу!»

Я сдала экзамены, получив четвёрки по математике и физике. И, что самое смешное, я получила четвёрку за обязательное в те годы сочинение. Это было даже не обидно. Это было смешно. Об этом позоре я решила никому не рассказывать.

И вот моя мечта сбылась: меня зачислили на первый курс Московского энергетического института. Через два дня все друзья и взрослые знакомые поздравляли меня с успехом и желали мне солидной карьеры на каком-нибудь почтовом ящике, что тогда считалось престижным и денежным местом работы.

Моя школьная любовь удивлённо крутила, вернее крутил, головой.

Уж он-то знал, как я сдавала выпускной экзамен по математике. Я, видите ли, в то время была по уши влюблена — в него. И по этой причине утратила всякую способность что-либо соображать. То есть сочинение на всю тетрадь накатать или ещё что-нибудь «гуманитарное» изобразить — это всегда пожалуйста, потому как напряжения моего мозга это не требовало.

С контрольной же по математике мой организм, ослабленный томлением в чреслах, вкусом поцелуев на губах и сиреневым туманом в голове, справиться не смог. Её за меня написал он, тот самый, с кем я целовалась на переменках. По старому проверенному способу: сначала сделал свой вариант, а потом быстренько — мой. Учителя, как мне кажется, всё тогда поняли, но пощадили меня. Поскольку кроме поцелуев я всё равно ни на что не реагировала, а кроме тумана не замечала ничего.

Да. Отвлеклась. Ну, в общем, как только я нашла свою фамилию в списках поступивших, я пошла в учебную часть уважаемого института и попросила отдать мне мой аттестат. У меня хватило ума не объяснять им, для чего я затеяла всю эту комедию.

В тот же день я поехала в университет. Замдекана встретил меня удивлённо вскинутыми бровями и глухим стоном. Самое удивительное, что, выслушав меня, интеллигентно выматерившись и покрутив пальцем у виска, мой аттестат он у меня принял.

И я, счастливая, что «всем доказала», пошла осваивать второй курс филологических наук и даже вспомнила, что в прошлом году мой перевод с латыни легенды об Икаре был признан лучшим на нашем факультете.

Я ничуть не жалела о своём первом студенческом лете, загубленном в угоду собственным непролеченным комплексам. И ещё не знала, что этому моему первому студенческому лету суждено было стать и последним. Через год я была уже глубоко замужней и беременной дамой, которая о золотой поре студенческих каникул так ничего и не узнала.

Ну вот, я же уже писала, что у меня нет комплексов по поводу того, что у меня есть комплексы.

«Независимая газета». Рубрика «Стиль жизни»

Зимнее время
Приметы

Я, вообще-то, в приметы не верю и, даже если бы встретила где-нибудь на Мэдисон-авеню бабу с пустым ведром, то на другую сторону или, чтобы наверняка, на Парк-авеню перебегать бы не стала.

Я о других приметах, которые, даже если не смотреть на календарь, говорят о том, что в Нью-Йорке наступило зимнее время.

Это не всегда зима, хотя часто здесь бывает очень холодно и с океана дуют сильные ледяные ветра.

Иногда же это вовсе не зима, а то, что можно назвать Божьей благодатью и подарком всем жителям города.

У зимнего времени в Нью-Йорке, на мой дилетантский взгляд, при любой погоде есть свои приметы.

Это когда афроамериканец, которому положено мёрзнуть при температуре плюс пять по Цельсию, берёт свою собаку на руки, снимает со своей шеи шарф, заматывает им собаку, как большую сосиску, и идёт дальше вот так — без шарфа на шее и с собакой на руках.

Когда «Армия спасения» звонит в новогодние колокольчики и танцует, чтобы не замёрзнуть, вокруг своих драгоценных ларцов с собранной наличностью. А толстый рыжий трубач, вместо того чтобы играть, просто напевает. Играть нельзя — губы к металлу прилипают.

Когда повсюду видны плакаты с замерзающей под снегом Статуей Свободы и все вокруг знают, что такое «Coat Drive»: если у тебя есть ненужная тёплая одежда, принеси её в ближайший пункт приёма. Там работают волонтёры, они отдадут твои вещи тем, кто в них нуждается.

Когда чья-то рука придержит для тебя дверь уходящего автобуса, и уже в тёплом салоне тебе объяснят, что зимой стоять на остановке и ждать — последнее дело. Холодно же!

Когда хорошо одетый парень с портфелем в руке забегает в Макдоналдс и возвращается туда, где на складном стульчике сидит дядька с помятой физиономией и с собакой. Помятой физиономии достаётся горячий кофе, собаке — гамбургер.

Когда женское население будет одето по сезону, но среди них обязательно найдётся несколько особей, которым почему-то нехолодно, а может быть, даже жарко. Поэтому в мороз они будут носить вьетнамки, и их голые пальчики с разноцветным педикюром будут приятным напоминанием о лете идущим мимо правильно обутым гражданкам.

И ещё смешные шапки из искусственного меха на дамах.

Последние двадцать лет для Нью-Йорка, как и для остальной Америки, не прошли зря. Есть реальный результат большой просветительской работы.

В Нью-Йорке перестали носить натуральные меха и здесь практически перестали курить.

То есть успешные и продвинутые теперь не курят, а богатые избегают палантинов и жакетов из норки или шиншиллы.

И потому я, пожизненно не курящая, что в моих собственных глазах сильно меня украшает, с нежностью теперь смотрю на вязаные шапочки с детскими помпонами и дутые курточки, что надеты на прохожих. У меня самой теперь есть такая — вместо шубки, носить которую мне уже неудобно.

Зимний город готовится к встрече Рождества. И потому толстый рыжий музыкант из «Армии спасения», стоящий возле здания публичной библиотеки на Пятой авеню, весело припевает. А на других улицах его «однополчане» — люди из самой мирной на Земле армии — звонят в колокольчики и пританцовывают в такт. Может быть, у них настроение хорошее, а может, у них инструкция такая — звонить в свои колокольчики и танцевать.

В любом случае их невозможно не заметить и трудно пройти мимо, не положив в красное ведёрко кто-сколько-может.

Декабрь в Нью-Йорке — это всегда очень много огней, соревнование магазинов на лучшее оформление витрин, а перед Рождеством — ободки с велюровыми оленьими рожками на головах серьёзных офисных служащих, продавцов и даже лечащих врачей.

И когда пожилой дядька в белом халате начинает медицинский осмотр, раскидистые оленьи рожки на его лысине вовсе не причина для иронической улыбки.

Оленёнок Рудольф — один из новогодних символов и талисманов. И его статуэтки и изображения в декабре видны повсюду.

Под нашими окнами открылся маленький нарядный ёлочный базар: красные бантики, разноцветные огни иллюминации, маленький Рудольф, собранный из золотистых лампочек, и весёлая музыка.

Днём там много детей и взрослых. Кто-то грузит ёлку на машину, а кто-то по-простому кладёт её на плечо, берёт ребёнка за руку и топает домой.

Ночью маленькая площадка пустеет. Стихает музыка, продавцы забираются в свой тёплый трейлер, ёлки остаются наедине с яркими фонариками, пышными бантами и Рудольфом.

Если в это время подойти к окну и внимательно, очень внимательно посмотреть вниз, то можно заметить одинокую сутулую фигуру, сидящую на освободившемся стуле. Худая рука устало опирается на высокий посох, голова чуть покачивается в такт своим мыслям. Седую бороду шевелит слабый ветер.

Этот дед видел уже так много, и никто точно не знает, который по счёту встречает он год. Да и сам он, наверное, не смог бы этого вспомнить.

Этот месяц для него — горячая пора, его везде ждут. А потом его забудут до следующего декабря. Но дед не обижается, так как знает, что и он сам, и ёлки, и фонарики, и Рудольф будут нужны всегда. Потому что люди хотят верить в сказку — все, в любом веке, в любом уголке Земли. И в Нью-Йорке — тоже.

Журнал «Elegant New York»
Авторский цикл «Путешествия дилетантки»

Негромкой музыки душа

У каждого города есть свои мелодии, запахи, краски. У Нью-Йорка, этой «крыши мира», они тоже есть.

Он стоял в длинном переходе метро между центральными станциями. Это случалось не каждый день, но, когда бывали слышны тихие звуки его скрипки, я радовалась.

То, что он уже очень старый, я поняла не сразу. Внешне он выглядел молодцом — празднично накрахмаленная голубая или белая рубашка, отглаженные брючки и в руках — неожиданно большая для его роста скрипка. Наверное, это называется альт. Только позже до меня дошло, что седину он закрашивал тёмной краской, лицо гримировал и на щёки наносил румянец.

Как-то он надолго пропал, потом появился вновь.

— Вы болели?

— Нет, я ездил отдыхать.

— Вам, наверное, трудно стоять в переходе?

— Да, нелегко, особенно с моим инструментом. Но здесь у меня есть слушатели.

Он выпрямился как мог и сухо мне объяснил:

— Дело в том, что я — музыкант. И у меня должна быть публика.

Прошло время. Каждый раз, проходя по тому переходу, я всё ещё надеюсь, что услышу тихую мелодию. Но музыка больше не слышна, а на знакомом месте у стены давно уже никого нет...

* * *

Одно из самых любимых моих мест в этом невероятном городе — это ж/д вокзал Grand Central. Я люблю расписанный созвездиями бирюзовый потолок огромного зала, а мысль о том, сколько людей назначало встречи под золотой луковицей его часов, меня завораживает. И если есть возможность пройти через его пассажи, я всегда это делаю.

Вот длинный коридор с маленькими дамскими магазинчиками и душистыми кофейнями, вот сверкает стеклянными витринами и отражается в своих зеркалах нарядный и ароматный рыночный ряд.

Есть пассаж, где много места, а магазинов почти нет. И под его высокими сводами иногда живёт живая классическая музыка. Это не тавтология. Потому что кажется, что музыка не просто слышна. Нет, она живёт. Её отличает благородство и сдержанность высокого стиля. Она не рвётся, не мечется, не рыдает, потому что всё это в тот момент происходит с нашими душами.

Хочется закрыть глаза и слушать. Но как хорошо, когда можно не только слушать, но и смотреть.

Длинные, сильные пальцы, узкое запястье, до срока поседевшие волосы, небрежно прихваченные на затылке в тяжёлый узел. Смуглый лоб и усталые светлые глаза. Она высокая и кажется ещё выше, потому что в её руках изысканнейший инструмент. Мелодия уходит под потолок, чтобы потом эхом вернуться прямо в сердца тех, кто проходит или не проходит мимо. Я не прохожу. Я забываю обо всём и стою рядом. Мне очень хорошо и очень плохо.

* * *

«…Снова замерло всё до рассвета — Дверь не скрипнет, не вспыхнет огонь, Только слышно — на улице где-то Одинокая бродит гармонь…» Хорошая, морально выдержанная песня советских времён.

А потом, через маленький проигрыш, переход к: «Огней так много золотых на улицах Саратова, парней так много холостых, а я люблю женатого»…

Так, уже теплее: это мы знаем, проходили.

А вот это уже просто нечестно. Вдруг сразу и безо всякого предупреждения: «Я вам спою ещё на бис…» Зачем так больно и так некстати? И мы уже не те, и та, которая когда-то это пела, тоже совсем не та. И вообще, когда идёшь по Бродвею на вернисаж в модную арт-галерею, к этому, мягко говоря, не совсем готов.

И потому тупым ножом режут по сердцу старые, заслушанные, как пластинка фирмы «Мелодия», заезженные песни. И оказывается, что всё это и любимое, и нелюбимое старьё ещё живёт в тебе. И ждёт, когда кто-то вместе с потаёнными воспоминаниями из твоей прошлой жизни вытащит его из твоей души.

Вот он, виновник, — сидит с большим аккордеоном на коленях. Его за этим аккордеоном почти и не видно. Грустные глаза «лица кавказской национальности», добрая улыбка.

— Привет! Давно здесь?

— Девятый год.

— Скучаете?

— Очень.

— На родине бываете?

— Нет.

* * *

Здание было очень высоким. Кнопки вызова лифтов реагировать на мои усилия решительно отказывались. Поэтому на первый этаж я спускалась по лестнице. Вскоре я, как затерявшиеся где-то на самом верху здания лифты, готова была встать между этажами. Всё сошлось: вечер, духота, натёртая пятка и шпильки восемь сантиметров.

Злость была бессильной и не имела конкретного адресата. Она была адресована миру, плохими были все, и жизнь решительно не задалась.

Я входила во вкус: хотелось обвинять и надменно отвергать робкие извинения.

Ещё несколько минут — и у меня появится возможность сделать и то, и другое.

Внизу меня ждала неминуемая встреча с дорменом, тем самым, что на входе охотно продемонстрировал мне свои безупречные тридцать два зуба в широкой улыбке на чернокожем лице.

Тихая музыка отвлекала и перебивала боевой настрой. Я старалась не слушать, чтобы не расплескать своё настроение — я жаждала крови.

Вестибюль подъезда, как и положено высоткам Манхэттена, был огромный, украшенный вазами с цветами, зеркалами и освещённый мерцающими огнями люстры, никак не меньшей, чем в Большом театре.

За высокой стойкой из тёмного мрамора, отделанной латунной каймой, сидел он — мой личный враг на сегодняшний вечер. Чёрный, в чёрной форменной ливрее с чёрным атласным кантом. Чёрный цвет преобладал. На нём выделялась только лишь его белая рубашка. В этот раз мой личный враг мне не улыбался. Более того, он даже на меня не смотрел. Голова его была откинута к стенке, глаза прикрыты.

Такими руками, наверное, можно было бы гнуть подковы, но в тот вечер в них пряталась маленькая, почти детская скрипочка. Большой толстый человек с нежностью водил смычком по струнам. Струны отвечали ему взаимностью.

Хорошее имеет свойство заканчиваться быстрее, чем хочется. Музыка стихла, человек улыбнулся.

— Почему вы спускались пешком?

— Лифты не работают.

— К счастью, это не так. Кнопка вызова находится справа, а декоративная накладка — слева. На это иногда просто не обращают внимания. Устали? Хотите, я вам ещё сыграю?

— Да…

Журнал «Elegant New York»
Авторский цикл «Путешествия дилетантки»

Шляпа, длинные перчатки, сигареты дым…

Лет двадцать с лишним назад, когда на смену завоеваниям социализма в одну замечательную страну пришёл дикий капитализм и в её городах стали появляться торговые точки с чудны́ми названиями «супермаркеты» и пункты обмены валюты, я увидела на улице сценку.

Дело было рядом с метро «Кропоткинская». По узкому тротуару впереди меня шли две молодые женщины. Одна из них предложила зайти в только что открывшийся магазин из тех, что в те годы называли «бутики», причём с ударением на первом слоге.

Вторая резко затормозила и замотала головой. Уже пройдя мимо них, я услышала за спиной:

— Вот дурочка, ну почему нет?

— Не пойду… Я стесняюсь.

Вы думаете, я снисходительно улыбнулась? Нет. Я сама всю жизнь стесняюсь заходить в дорогие магазины.

Представление о том, что есть «дорогой», может быть у каждого своё, но я прекрасно знаю это ощущение. И что-то мне подсказывает, что среди читающих эти строки кто-то скажет: «Ну вот, это точно про меня».

Я боюсь дорогих магазинов и обычно обхожу их стороной. И с этим ничего не поделаешь. Я стесняюсь дорогих ресторанов и до сих пор чувствую там себя неуверенно. И с этим тоже ничего не поделаешь: и потому что уже поздно, и потому что бесполезно. Это проросло сквозь меня, сквозь моё сознание. Это то, что давно поселилось много глубже — «под» сознанием.

Не очень счастливое советское детство, где было много всего — всего, кроме денег, комфортного быта и красивых вещей, — да и бог с ними, не нужны они были тогда, — оно не даёт о себе забыть. Спасибо ему за то, что оно было, у многих его не было вообще. Но как же часто оно напоминает о себе, причём в самые неподходящие моменты.

Странно думать об этом сейчас, когда детские комплексы пора не только изжить, но и напрочь о них забыть, особенно если идёшь по одной из самых лучших на свете улиц — Пятой авеню Нью-Йорка.

Я люблю её не за магазины, я люблю её просто потому, что люблю.

«Нравится мне она», — как раньше объясняли друг другу свои чувства восьмиклассники за школой, где уже всё было готово для рыцарского поединка. Это мощный аргумент и вполне достойное объяснение. Объяснить, за что любишь, часто невозможно. За что ценишь и уважаешь, объяснить можно, а вот с любовью это не получается. Но я попробую.

Я люблю её название, потому что оно отзывается детскими фантазиями о том, что же это за чудо — «Пятая авеню». И эти буквы, которые складывались в такие загадочные нездешние слова, и эта придуманная картинка фантастически красивых домов, машин и людей: женщины должны были быть в шляпках и длинных перчатках, мужчины — все сплошные денди и джентльмены.

Вот тогда-то я и поклялась себе, что в моей жизни обязательно будут и шляпа, и длинные перчатки.

Кстати, шляпы в доме моего детства водились. Это были древние бабушкины шляпки — она ещё со своих гимназических времён питала к ним слабость. В одной из них я даже щеголяла на первом курсе университета. Это было очень красиво, честное слово.

Перчатки: они у бабушки тоже были — театральные, которые лежали в коробочке рядом с перламутровым театральным биноклем. Но мне нужны были другие: атласные, длинные, обязательно чёрные, выше локтя. Ну, в общем, вы поняли, о чём я. Тогда я ещё не знала, — мне стыдно в этом признаваться, — что есть такой фильм — «Завтрак у Тиффани». Жила я в глухом краю — в Москве, где обычные советские школьники и слов-то таких не знали. А когда наконец случилось такое счастье и я увидела Одри Хепбёрн в знаменитой чёрной шляпе и перчатках до локтя, я чуть не потеряла сознание. Это же именно то, что я нафантазировала тогда для себя.

Спасибо тебе, магазин «Тиффани», за сказку, за Одри, за твою красоту. Ты мне очень нравишься, но внутрь я всё равно не зайду. Потому что «я стесняюсь» — как та незнакомая мне женщина около станции метро «Кропоткинская».

Я иду мимо «Тиффани» дальше по Пятой авеню и думаю о том, как замечательно жить в городе, где названия улиц не меняются по сто и более лет. Когда в этих названиях красота звучания соперничает с благородством содержательной части.

Когда я проезжаю мимо дорожного указателя на Queen Anne Road, меня каждый раз мучает вопрос: почему здесь Queen Anne, а в Москве — улицы Павлика Морозова и Павла Дыбенко?

Хорошо, когда улицы твоего города не носят имена насильников, убийц, садистов и предателей.

Иногда бывают специальные причины, и заходить в какой-либо из знаменитых магазинов на Пятой авеню приходится: серьёзный подарок к серьёзной дате или поручение от подруги.

Первый этаж каждого из таких магазинов традиционно отдан косметике и парфюмерии.

Когда-то основатель американской косметической фирмы «Ревлон» произнёс слова, которым суждено было войти в учебники по маркетингу: «На фабрике мы делаем косметику, в магазине мы продаём надежду».

Нигде, как в «Cosmetic Departments» нью-йоркских магазинов на Пятой авеню, имена которых знает весь мир, не чувствуется это так сильно.

Первый этаж «Saks Fifth Avenue», вокруг пьянящие ароматы, всё сверкает. Все продавщицы как на подбор: чёрные, белые, жёлтые, высоченные и миниатюрные, на любой вкус — но все красивы, чертовки, и очень ухоженны. Они берут тебя в оборот ещё тёпленькой.

И вот в облаке ароматов и в бликах зеркал опять всплывает детская мечта: шляпа, длинные перчатки и — забыла! — длинный мундштук с лёгким дымком сигареты. (Я, вообще-то, не курю…)

Ах, здесь ещё будут так уместны полузакрытые глаза с чёрными подведёнными стрелками, алая помада и изысканный маникюр на длинных ухоженных ногтях, которые никогда не ломаются при мытье кастрюль и сковородок.

И, конечно, аромат… Чем пахнет ухоженная женщина?

«Интересуюсь знать», как говорят в городе, где остроумием наделён каждый первый его житель. Вам в детстве взрослые тётеньки не объясняли, что порядочная женщина должна пахнуть не духами, тем более, прости господи, французскими, а мылом? (Лучше, конечно, «Детским» или хозяйственным…) Я знаю порядочных женщин, которые прожили всю свою жизнь с этим приятным заблуждением.

«Нет, — говорю я себе, — нет. Ни за что и никогда». Порядочная женщина должна пахнуть пороком. Ну, хорошо, пусть не так радикально. Назовём это соблазном. Короче, женщина должна пахнуть так, чтобы, вдыхая этот аромат, худшей половине человечества хотелось бы делать не то, что должно, а то, что хочется.

Прав был старый Чарльз Ревсон: эти ухоженные дивы в «Cosmetic Departments» продают не косметику. Они продают надежду.

Вот рядом стоит одна такая, из тех, кто до сих пор надеется.

По-моему, знаменитый Гоша из подмосковной электрички дал чёткое определение, чем женщина незамужняя отличается от замужней. Пересказывать его слова считаю излишним: все, кто последние тридцать лет находился в сознательном возрасте, помнят их.

Мужчин рядом нет, оценивать ей некого. Но я понимаю, что, несмотря на шестьдесят пять лет по паспорту и тридцать девять для общественного потребления, надежда в её душе ещё живёт. Она придирчиво выбирает, она принюхивается к разным пузырькам и флакончикам, она думает. Потом интимным полушёпотом (ах, да знаю я, что подслушивать нехорошо!) признаётся продавщице, что через четыре дня она улетает на South Beach Miami и что там будет не одна. Её мужчина очень разборчив и любит терпкие ароматы. Горькие запахи коры дуба и мха предпочтительны.

— Ведь это идёт рыжим женщинам?

— О да, мадам, и сейчас мы отыщем то, что нужно именно вам…

В этом таинстве участвуют трое. Рыжая, которая давно уже не рыжая, а на самом деле седая, продавщица, похожая, как и положено в таких магазинах, на Наоми Кэмпбелл, и — в качестве соглядатая — я.

Мне нравится эта бабка, которая совсем не бабка, нравится красивая продавщица, и я уже полюбила аромат мха.

И когда-нибудь я приду сюда снова и обязательно куплю себе такие же духи.

Кстати, для этого совсем необязательно дожидаться, когда тебе стукнет шестьдесят пять по паспорту. Вполне достаточно того, что «мне тридцать девять и никогда не будет ни одним днем больше». Цитата эта слишком известна, чтобы упоминать её автора.

А мечты иногда сбываются, если кому интересно. В моём случае они мирно покоятся в кладовке, и я не могу сказать, что все эти шляпы и перчатки для меня предметы первой необходимости. Но тем не менее пусть лежат. Мне так спокойнее…

Журнал «Elegant New York»
Авторский цикл «Путешествия дилетантки»

«Ночной кораблик негасимый»

Этот кораблик будет плыть, пока люди будут читать стихи, пока у них будет чему болеть в груди, пока они будут думать о жизни.

«Плывёт в тоске необъяснимой…» А кто и когда умел объяснить тоску? Почему она возникает, почему вдруг заноет и заплачет внутри? Почему иногда хочется навсегда сойти с утоптанной беговой дорожки нашей жизни на обочину и лечь на траву?

В небе облака, они медленно плывут и никуда не торопятся.

Бродский рассказывал, что, выходя из дому, он всегда смотрел на облака и всегда придумывал им названия и находил, на что же они похожи. Но занятие это неблагодарное. Облака расплываются, меняют форму, сливаются или же, так нами и не узнанные, отплывают в сторону.

Наша жизнь похожа на облака.

Мы стараемся определиться, дать им название или уяснить для себя, на что же они похожи. Но пока мы об этом думаем, происходят непредвиденные и не поддающиеся нашему контролю изменения. И нам за ними не поспеть.

Когда-то я мечтала, чтобы из моего окна была видна вода. Потребовалось совсем немного: прожить жизнь — во всяком случае, её лучшую и бо́льшую часть, чтобы это случилось. Путь оказался непростым, и нет нужды никому ничего объяснять. Потому что то же самое может сказать про свою собственную жизнь каждый читающий эти строки.

Не знаю почему, но, глядя по ночам, когда не спится, на реку, я часто думаю о Бродском, о том, как он любил этот город. О том, что вот мимо моих окон проплывает ещё один маленький белый кораблик. Он украшен голубыми огнями, и они, отражаясь в воде, заглядывают в большое окно нашей квартиры.

Этот таинственный кораблик совсем другой, в нём нет той безысходной тоски, как в завораживающе красивом и трагичном стихотворении «Рождественский романс», которое нынче знают все.

Он тихо скользит по яркой воде, тревожа отражения Эмпайр-стейт-билдинг, похожего на стоящую коробку сигарет здания ООН, Крайслер-билдинг и чёрно-зеркальной вертикальной дорожки ещё одной Трамповской башни.

На палубе этого нарядного кораблика не видно людей, и лишь негромкие звуки музыки осторожно касаются берега. Потому что в городе ночь, и жилые дома расположены очень близко от воды.

Через окно в нашу квартиру вплывают не только музыка, но и запах реки и травы. Мы — в центре Нью-Йорка. До Таймс-сквер рукой подать.

Как это получается у этого невероятного города, трудно сказать.

Место, откуда так хорошо думается по ночам о стихах Бродского, о жизни, о самом Нью-Йорке, называется Лонг-Айленд-Сити.

Там, на берегу Ист-Ривер, есть удивительный Гентри-парк — когда-то ключевая часть огромной промзоны, где было много копоти, стояли сотни различных барж с гружёными вагонами, огромные подъёмники, рельсы.

Чтобы не забывать, каким было это место, которое теперь смело можно называть ещё одной жемчужиной в короне Нью-Йорка, кое-что оставлено для нас нетронутым: огромные плиты гранита, два разгрузочных узла, которые теперь выглядят как экзотические памятники прошлому, а сквозь цветы и траву можно разглядеть маленькие фрагменты рельсов.

Между Лонг-Айленд-Сити и Манхэттеном течёт широкая и очень чистая река, которая на самом деле вовсе не река, а океанический пролив. Её (или его?) воды вбирают в себя красоту обоих берегов.

С одной стороны — здания, чьи имена знает весь мир и которые часто снятся тем, кто увидел их однажды. По другому берегу — голубое стекло высоких жилых домов, яркая трава, большие лужайки и пушистые деревья.

Это место непостижимым образом объединяет в себе обаяние огромного города и почти дачную близость природы. Если хочется посмотреть на подорожники, одуванчики и берёзы Нью-Йорка, то вам сюда. Они — такие же, как те, что мы все помним по прежней жизни. Честное слово.

Лонг-Айленд-Сити живёт интересно. Здесь очень любят музыку. С наступлением тепла в парк привозят пианино, и в течение всего лета каждый желающий может подойти и поиграть на нём — просто потому, что настроение такое. А рядом с бывшими подъёмниками каждую неделю играют джаз. Народу собирается очень много. Люди сидят на ступеньках, кто-то приносит стульчики. А на площадке перед музыкантами танцуют дети. И носятся совершенно счастливые собаки.

А ещё на огромной поляне ставят надувной экран, и фильмы можно смотреть или лёжа на траве, или прямо из окна своей квартиры.

Вы видели, как проходят Silent Disko? А мне до недавних пор не довелось. Однажды я увидела на набережной танцующих людей. За столиком стояли диск-жокеи с аппаратурой. И всё бы ничего, когда б не полная тишина. Потом уже я разглядела у каждой пары большие наушники на головах. Это было завораживающее и очень трогательное зрелище. Это напоминало какое-то волшебное, ритуальное действо. Это было красиво. И немного грустно. Почему — не знаю.

По вечерам на отмытых добела деревянных, или, как тут говорят, «наманикюренных», досках набережной, которая тянется вдоль парка, собираются десятки людей с треногами и прочей фотоаппаратурой. Они устанавливают свои камеры заранее и терпеливо ждут.

Они ловят уходящее солнце, которое медленно опускается за Вест-Сайдом, со стороны Гудзона. Солнце медленно уходит за небоскрёбы, и Манхэттен какое-то время стоит в нимбе солнечного закатного света. Вот ради этого момента и съезжаются сюда десятки профессионалов и фотографов-любителей.

Я прохожу мимо них и думаю о том, как мне повезло. Потому что после заката солнца красота для меня не заканчивается. Я знаю, что ещё будет ночь и по расцвеченной яркими огнями тихой воде опять будет плыть украшенный голубыми фонариками «ночной кораблик негасимый».

Он плывёт издалека, от самого Александровского сада, куда меня водили гулять в детстве. Его путь тоже оказался долгим, намного более долгим, чем те десять часов, которые отделяют Нью-Йорк и Москву. И его плаванье не окончено.

Этот кораблик будет плыть, пока люди будут читать стихи, пока у них будет чему болеть в груди, пока они будут думать о жизни.

Журнал «Elegant New York»
Авторский цикл «Путешествия дилетантки»

Неоконченный роман

Это случилось в тот момент, когда я придумывала диалог между двумя супружескими парами. Одна пара двадцать с лишним лет назад эмигрировала в Америку и жила в Нью-Джерси, другая приехала в Нью-Йорк в гости.

Пара из Нью-Джерси пыталась объяснить своим знакомым из Москвы, почему они так сильно полюбили эту страну, почему каждый год отмечают дату своего прибытия как важное и счастливое событие.

Я лупила по клавишам, стараясь успеть за тем, что хотелось сказать. Ноутбук выскользнул у меня из-под пальцев на букве «и» — и серебристой рыбкой промелькнул перед глазами.

Надо всегда прислушиваться к советам тех, кто умнее. В нашей семье — это мой муж. Рано утром я наврала ему, что еду в стоматологическую клинику, которая находится в часе езды от нашего дома. На вопрос, зачем я запихиваю в сумку свой дорогущий «Мак», я объяснила, что не хочу терять время и собираюсь поработать в метро.

Интересно, почему именно в тот момент, когда я, сидя в вагоне поезда, писала о том, чем же так хороша Америка, у меня украли (этот глагол я употребляю исключительно в силу уважения к журналу ENY) мой рабочий инструмент, этот гвоздодёр, кирку и лопату пролетария умственного труда?

Самое большее, на что я оказалась способной, это успеть выскочить из вагона. Погоня была недолгой, «победила молодость». В тот момент я поняла, как непросто было отцу Фёдору из романа Ильфа и Петрова.

Я позвонила мужу — вы же знаете уже, кто у нас самый умный.

— А ведь я тебя предупреждал, — ласково напомнил мне он.

Тем, кто читает эти строки, и тем, у кого в этом смысле есть большое будущее, хочу напомнить: плохо совершать ошибки, но ещё хуже в них признаваться.

И если у вас не хватает характера стоять насмерть, лучше откажите себе в удовольствии делать глупости.

После того как я, тяжело вздохнув, ответила утвердительно, интонация мужа изменилась.

— Я на работе. Звони 911. Желаю тебе успеха.

В тот момент мне хотелось серьёзно задуматься о том, почему же все мужики — такие гады. Но не было времени.

Где-то через три–четыре минуты рядом со мной резко затормозил полицейский автомобиль.

Через десять минут машин было три. Могу это слово написать еще цифрой: 3.

Я стояла в кольце полицейских. Двое из них были детективы в штатском.

По-моему, когда в американских фильмах показывают породистых блондинов в роли «копов», это не так далеко от правды жизни. Эти ребята тоже были тренированные, поджарые, с хорошими стрижками и, чёрт, с запахом парфюма.

Среди людей в чёрных форменных фуражках и портупеях, на которых гроздьями висели различные гаджеты, была девушка. Именно на её плечо я и попробовала было преклонить свою главу.

Но «шапка оказалась не по Сеньке», а полицейское плечо мне не по росту. Девушка была изящная и небольшая. А у меня как раз всё наоборот.

Неудача меня не остановила, и я решила плакать в исходной позиции — стоя в окружении машин и людей.

Горе моё было гораздо глубже, чем можно было предположить: вместе с ноутбуком у меня украли двадцать три главы неоконченного романа, лишив меня будущей славы, а человечество — радости обретения нового бестселлера. Я совсем было собралась зайтись в рыданиях, но, когда один из «копов» спросил своего коллегу: «А чего это она?», обиделась, плакать передумала и сама стала задавать вопросы о том, что теперь меня ждёт.

А ждал меня полицейский участок, который отвечал за порядок на южном направлении нью-йоркского сабвея. Туда меня отвезли на красивой полицейской машине. Водитель предупредил, что дорога будет долгой, потому что далеко и потому что пробки. И я его простила.

Большая комната, человек семь мужиков в штатском. Сидят за своими большими компьютерами (как хорошо, что их нельзя брать с собой в метро). Кто чай пьёт и читает, кто пишет. И только кобуры с портупеями, висящие на спинках их стульев, говорят о том, что здесь всё по-взрослому.

Они уже были в курсе. Один из них мне представился. Высокий, плечистый, и шесть кубиков на прессе точно есть. Он чернокожий, у него умное лицо и длинный, немного насмешливый рот. Или мне показалось?

И ещё у него голос.

Этого парня всё время хотелось переспрашивать, «акать», «чтокать», чтобы услышать эти мягкие, глубокие вибрации, этот низкий баритон. Мне очень хотелось бы использовать здесь слово «бархатный». Но я этого делать не буду, поскольку уж больно затёртое это сравнение. Главное, что вы теперь знаете, какой же у него был голос на самом деле.

И вот этим голосом, которым я бы запретила разговаривать с женщинами о делах, он расспрашивал меня о подробностях кражи.

Я честно рассказала всё. В том числе и о том, что муж меня предупреждал. И о том, что, по официальной версии, я ехала в клинику в Бронкс.

Когда он спросил меня, как же тогда я оказалась в поезде, идущем в Бруклин, если я собиралась ехать в Бронкс, я вынуждена была открыться.

У нас в семье есть такой обычай — на день рождения мужа я дарю ему какую-нибудь по-настоящему хорошую книгу. И в этот раз я собиралась сделать то же самое. И именно за такой хорошей книгой я и поехала в русский магазин на Брайтон.

Потом я ещё дважды приезжала в тот участок. В первый раз смотрела видеотеку с фотографиями подозреваемых. Интересно, почему самым прекрасным творением природы считается человек?

Во второй раз мне показали кадры той самой погони. Сначала я увидела на видеозаписи бегущего с ноутбуком под мышкой глубоко несимпатичного мне молодого человека. Вес был взят: теперь я узнала и его серый спортивный костюм, и капюшон, и бело-голубые кроссовки.

Объект моей антипатии обрёл зримые очертания, теперь мне было кого обвинять, и это было почти что приятно. Ну, не признаваться же себе, кто на самом деле виноват. Вернее, виновата.

После того как опознание состоялось, меня ожидало ещё одно потрясение.

«Боже мой, какая же я страшная!» — это было первое, что я подумала, когда чуть позже увидела на видеозаписи и себя.

Детектив Ch. отыскал эти кадры в службе видеомониторинга метро. Ch. похвалил меня за наблюдательность и сказал, чтобы я не волновалась:

— Смартфоны находим, а уж ваш «Мак» найдём обязательно.

А я и не волновалась. Книжку, кстати, я купила в тот же самый злополучный день — ведь не зря меня довезли на машине почти до Брайтона. И уже успела подарить её своему мужу, держа наготове традиционное изречение о том, что «книга — лучший подарок». Но в этот раз я почему-то этого ему не сказала.

Историю о том, как я поехала вместо клиники в книжный магазин, детектив Ch. сохранил в тайне от именинника. Потому что он тоже согласен, что мужчинам всё знать совсем необязательно.

Журнал «Elegant New York»
Авторский цикл «Путешествия дилетантки»

Я НЕ МОГУ
КОРОЧЕ

Из сборника «Посвящается дурам»

Хочешь добиться своего — не требуй и не запрещай. Скажи, что тебе всё равно. А ещё лучше — разреши.

Не догоняй. Развернись и спокойно иди в противоположную сторону. Сделай так, чтобы бежали за тобой.

Не удерживай. Пусть тебя боятся потерять.

Не выясняй. Слышишь, что тебе врут, — сделай вид, что поверила. Не хотят говорить — значит, правды всё равно не добьёшься. А добьёшься силой, так сто раз пожалеешь.

Гораздо интересней «как», чем «что». Причём во всём. «Что» — это жёсткая конструкция. Это мужская логика. «Как» — вариации на заданную тему. Это женщины.

Глаза — ну что глаза, это зеркало души, и только. Она ими на всех смотрит. И каждому врёт этими глазами про свою душу так, как хочет.

Знаете, если у вас не случилось разлуки с вашим ребёнком, её стоит организовать хотя бы только для того, чтобы получать детские письма. Ничего подобного жизнь вам больше не подарит. Это особое, ни на что не похожее счастье. То, что там написано, чаще всего никогда не будет сказано, а если и будет, то уже не так. Написанное слово останется с вами навсегда, а жизнь побежит дальше, и потом уже ваш ребёнок сам с удивлением будет перечитывать собственные письма.

Мы читали письма по очереди, повторяя наиболее выразительные отрывки и забавные словечки. Мы наслаждались. И наше наслаждение было совершенным, потому что мы его делили, а потому — умножали.

Когда у человека не ладится с карьерой, то он чаще всего говорит, что для него главное — это семейные ценности и дети. А если ничего не получается в семье, то в этом случае оказывается, что главное в его жизни — это работа, самореализация, служение Делу, науке, искусству или родному проектному институту.

София знает, что правило номер один — никогда не пытаться узнать, кто та женщина, с кем спит твой муж, и ни в коем случае не пытаться увидеть её. «Она» должна оставаться абстрактным фантомом, иначе никогда уже не стереть из памяти ни сломанного ногтя на её руке, которая ещё недавно трогала твоего мужа, ни родинки на её шее, которую целует он, ни голоса, который смеет шёпотом произносить его имя.

Правило номер два: никому ни о чём не рассказывать. Потому что нет такой подруги, которая бы, сама об этом не подозревая, не порадовалась бы тому, что услышит.

И потому что нет такой матери, которая не сказала бы: «Ну вот, я так и знала!»

Не прошло и получаса, а Марго понимала, что всё уже произошло, и что будет дальше, зависит только от него. Она не сможет сопротивляться, не сможет даже сделать вид, что ещё «думает». Впереди тихо плескалось море слёз, а на его волнах бесшумно покачивалась рыхлая медуза полной, тотальной зависимости.

Знаешь, раньше журнал такой был: «Хочу всё знать». Так вот, я тогда поняла, что для нас, дур, кого обманывают, нужно специальное издание: «И знать ничего не хочу». И бесплатная пожизненная подписка для многодетных матерей.

Дома, уже одна, она клала полотенце, которым он вытирался, на подушку и ночью дышала Суховым. И надышаться не могла.

Вольтаж был слишком высоким. Марго понимала, что долго так она не протянет.

Все зеркала Марго делила на дружественные и нет. Например, из четырёх створок её «купе» самой дружелюбной была третья. Вот туда Марго обычно и смотрела на себя. А другие отражения игнорировала.

Она знала, что в служебном лифте, который по утрам поднимал её на семнадцатый этаж офиса, в зеркало, если не хочешь испортить себе настроение, смотреть ни в коем случае нельзя. Оно всегда с нескрываемым удовольствием подсказывало Марго, что на шее у неё морщины идут поперечными «браслетами», а между бровей — вертикальной чертой. Носогубные складки тоже не радовали — во всяком случае, на этом настаивало зловредное стекло.

Как она была права, когда поменяла вертлявую, блядовитую Любочку на медлительную и тяжёлую Валентину. Секретарша должна быть именно такой — незаметной, тихой, умной. И чтобы, как мать родная, всё бы видела, всё понимала без слов. И чтобы, глядя на неё, каждый раз можно было бы радоваться, что у самой на ногах ещё шпильки, а не тапочки.

Она смотрела на его как будто буром прокрученную ямку на подбородке и думала — как, откуда среди особей, которые исключительно по формальным признакам могли ещё относиться к мужскому братству, мог оказаться такой экземпляр? И что теперь делать? Ей заранее было жалко себя и хотелось плакать.

В ресторане меню оставалось в его руках. Он заказывал и для себя, и для неё. Марго обмирала от счастья и чувствовала себя маленькой принцессой.

Куда им ехать и что делать, решал тоже он. Марго, сидя рядом в его машине, ни о чём не спрашивала. Ей было всё равно. Главное, что она с ним и что у них ещё целых три часа.

Надо было сделать «лицо». Сделать так, чтобы всем было видно, что лично у неё всё в порядке. И главное — самой поверить в это. Правило, которое столько раз выручало: чем хуже дела, тем лучше надо выглядеть.

И почему, интересно, все так любят говорить, что Бог послал им счастье как бы «в порядке компенсации за нанесённый ущерб»?

То есть не просто так «свезло», а свезло за страдания. То есть Бог как бы спохватился и извинился?

Ты — водный знак и очень любишь воду. Ты любишь её во всех проявлениях. Своё несчастье ты тоже чувствовала через воду. У той, ещё настоящей, Пугачёвой есть старая песня про коралловые бусы. Но это песня не про бусы. Она про тебя. Так тебе кажется. Там есть слова: «Впереди — впереди разольётся море грусти…»

Тебе казалось, что ты медленно тонешь в этом густом, тяжёлом море. Оно смыкается над тобой. И тебе не справиться, до берега не добраться. Самой невыносимой мыслью было то, что так барахтаться придётся ещё долго, пока не умрёшь. А если умрёшь нескоро?

Интересно: стоит мужчине начать лысеть — он отращивает бороду. Стоит надеть очки — тут же заводит себе усы. Это тоже «закон компенсации». Хотя какая разница, какие были у него очки: в комплекте с усами или без? Главное, что у тебя не было ни того, ни другого.

Если ты носишь фамилию «Сороковая», то ничего не остаётся, как стать первой.

Ты замечала, как откровенно улыбаются тебе вслед. Ты вообще чутко улавливала всё, что не проговаривалось словами, а тенью проскальзывало между людьми. Тебе даже казалось, что ты видишь те нити скрытого напряжения, что обычно опутывают любое человеческое сообщество. Если бы Бродский тогда уже написал об «иерархии восприятия жизни», ты бы обязательно решила, что это о тебе.

Первое сильное впечатление ударило по глазам, когда поезд подошёл к государственной границе с Польшей. Тебе не раз рассказывали, что командированные всего необъятного Советского Союза в этом месте крестились и слали свою благодарность Всевышнему, независимо от вероисповедания или степени воинствующего атеизма: дальше начиналась заграница.

Жизнь вокруг тебя была, наверное, настоящей. Но тебе она казалась игрушечной. Потому что не было в этой маленькой альпийской стране того оголтелого сопротивления жизненного материала, преодоление которого и составляло главный алгоритм существования на твоей Родине.

У каждого из нас есть никому не видимый ребёнок — в придачу к тем нашим, кто нам дороже всего. Этот ребёнок самый тихий, самый застенчивый и самый несчастный. Ему достаётся от нас меньше всего ласки и тепла. И его чаще всего обижают. Этот ребёнок иногда безутешно плачет в нашей душе, и тогда мы начинаем метаться, мычать от боли сквозь стиснутые зубы, сжимать голову руками и чувствовать, как мучительно тяжело и несправедливо устроена жизнь.

Жизнь опять начала вывязывать крючком одинаковые петельки дней, недель и лет, не задерживаясь на пустых, тягучих пропусках выходных и праздников.

Господи, как же всё сложно. Пока была маленькой, думала: ну, если сейчас не понимаю — вырасту и пойму… Но годы, как теннисные мячики, пущенные неумелой рукой, один за другим вылетают за контрольную линию — прямо в вечность, и мне по-прежнему ничегошеньки не ясно. Вопросов становится всё больше, и они в основном такие противные, а ответов на них чаще всего просто нет.

И всё было так хорошо, так складно. Собственная жизнь на глазах перекраивалась не по ширпотребу, а по индпошиву, а ещё правильнее — по спецзаказу. Как будто природа специально позаботилась о том, чтобы там, где у одного впадинка, у другого было бы как раз наоборот. Чтобы, когда один клонится, другой тут же это угадывает и заполняет собой пустоту — чудесное, неведомое раньше Семёну Матвеевичу ощущение полного телесного слияния.

И если раньше в журналах её интересовали разделы «Красота», то последнее время она всё чаще останавливалась на разделах «Здоровье».

Говорила Платонова тихо и отвечала часто невпопад, прикусывая губу от досады на себя. А по ночам ругала себя за неуклюжесть и тупоумие. И удивлялась, как быстро задним числом приходили на ум остроумные ответы для самых каверзных вопросов. От невозможности переписать сценарий она привычно плакала, вытирая нос краешком пододеяльника.

Мы были одиноки. То есть одинока была она, а я до жуткого холодка свободна.

Был будний день, вернее, весёлый весенний вечер. Птицы истерично заходились в сольных партиях. И только что Платонова подсмотрела бой.

На короткой, густой травке дрались два селезня.

Уточка спокойно стояла в стороне под неправдоподобно буйно-розовой яблоней. Селезни дрались насмерть. Оба были откормленные, яркие и блестящие. Сначала со змеиным шипом они обошли друг друга несколько раз, а потом сцепились. Наконец один из бойцов отполз прочь, а победитель вспомнил о своей прекрасной даме. И принялся за уточку. Сразу же после изнурительной и почти смертельной схватки с соперником он с ещё большей энергией накинулся на неё.

Он прихватил даму сердца клювом за шейку, не давая ей вывернуться. Да, по правде сказать, та не очень-то и стремилась это сделать. Стиснув свои утиные челюсти, он равномерно и сильно вбивал нижнюю часть своего крупного тела уточке под хвост. Через несколько минут всё было окончено, опять щебет, весёлая трава и аромат яблонь.

Из сборника «Грамерси-парк»

«Старость — что она? Не в ней дело. Дело в одиночестве. И унижении. Потому что одиночество в старости — это всегда унижение.

Забавно, как люди самостоятельно божественной волей распоряжаются. «Нам Бог помогает», «Им Бог помог», ну и любимое: «Это мне Бог помог». А тебе не кажется, что в этом есть что-то ужасно противное? Самолёт разбился, один выжил. И он говорит: «Это мне Бог помог». То есть получается, всем остальным Бог решил не помогать. Только один он заслужил.

Хочу сказать, что, во-первых, есть доброта… и доброта. И когда свою собственную бессмертную душу спасают, а говорят о доброте, мне это не нравится.

Для себя он сформулировал, что такое знание в его случае: это интуиция, помноженная на уверенность, подтверждённую жизненным опытом.

В женской поэзии есть своя особенная изысканность. И если мужское творчество — это, прежде всего, мысль, то женское — это, скорее, наблюдение за мыслью и за её тончайшими переходами к чувству.

Я, например, все наши дискуссии с мужем заканчиваю очень просто. Говорю, что он, конечно же, прав и целую его в щёчку. Очень помогает. Он доволен, что прав, а я довольна, что он доволен.

Счастье — это очень просто. Это когда он держит свою ладонь ковшиком, как воды даёт ей напиться, а она приникает губами к самому донышку.

И ещё, когда она прислоняется щекой к его лицу. И подолгу сидит так, слушая его дыхание.

Раньше она внимательно слушала жизнь, которая творилась вокруг неё, теперь претендует на то, чтобы жизнь слушала её.

Да, «укатали сивку крутые горки». Горки у каждого свои, а результат общий. Жизнь ещё не кончилась, и лет ещё не так много, а сил уже нет.

Тогда она ещё иногда задумывалась о том, что благополучная жизнь и тем более благополучная женская жизнь — это скорее исключение из правила.

Маша смутно догадывалась, что тем, кто «за бортом», — плохо, но в подробности старалась не вдаваться.

И потому не знала, что такое тихое отчаяние по ночам, когда подушка мокрая и переворачивать её на другую сторону бессмысленно, потому что она уже мокрая и там.

...И вот на смену одинокой ночи приходит день и вместе с ним ощущение, что жизнь — она рядом, только руку протяни. Но это чужая жизнь, чужое тепло и чужие мужья. И посторонним туда «В.», как было написано у Пятачка на двери.

А если кого-то это не очень смущает, тогда — честь и хвала им, отважным воительницам и обаятельным захватчицам. Тем, кто не мучает себя разными неудобными вопросами. Кто просто знает: «Мне можно. Потому что мне нужно».

***

«Думаю, что у вас, Славочка, как в известном анекдоте, только наоборот. Там с коровой поговорили душевно, так она потом спрашивает: "А поцеловать?" А вас, может, и целуют, но вы спрашиваете: "А поговорить?" А поговорить вам не с кем. Вернее, слушать вас некому. Это ещё хуже».

***

«Вурдалак» был строг и несправедлив. Потому что по утрам очень хотелось пива и всех удавить. Болело и левое, отвечающее за аналитику, полушарие головного мозга, и правое, отвечающее не пойми за что. Боже ж ты мой совсем, чтоб оно всё провалилось к чертям собачьим. И, казалось, даже спинной мозг категорически отказывался соображать.

***

— Ты уходишь? — уже предчувствуя ответ и готовясь к боли, спросил он.

— Да. Ухожу, — она прижала его ладонь к своей щеке, — но ненадолго. Пойми, мне надо побыть там — на той звезде.

— Это далеко?

— Да.

— Это парсеки?

Она ласково, как маленькому, улыбнулась ему.

— Для этого у людей ещё не придумано названия. Просто далеко.

Вишневская объяснила своей подруге, что амбиции есть у всех — с той лишь разницей, что одни в этом признаются, а другие тщательно скрывают.

«Теперь так. Если с тобой что-нибудь случится, если ты исчезнешь или мужика себе найдёшь, я приеду и поубиваю вас всех. И тебя, и дельфинов твоих, и мужиков. А картины твои с молотка пущу. И буду потом на эти деньги баб снимать».

Он не знал, что ещё сказать, чтобы она услышала его и согласилась бы сидеть дома тихо, как мышка.

«Потом», — говорит обычно Анечка. Бабушка только кивает головой, не спорит. У Анечки это любимое словечко. Не знает она ещё, как быстро это «потом» откатывается далеко-далеко в прошлое.

— Мамочка, ты мне дашь в садик свой платочек?
— Какой платочек?
— Такой беленький, с колокольчиками.
— Носовой? Я тебе для носика побольше платочек дам.

— Мне не для носика, — голос Анютки опять задрожал, — мне для глазок.

— А почему для глазок?

— Я в садике иногда плачу.

— Анечка, маленький мой, а почему ты там плачешь? Тебя там обижают?

— Нет.

Уж лучше бы она сказала «да».

Грабли, выданные ей при рождении, — хорошо бы знать кем, — уже давно потеряли свой товарный вид. Это был проверенный и совестливый обучающий инструмент. Они никогда ещё не подводили Мышкину и каждый раз, понимая всю бесполезность своей работы, добросовестно били её точно в лоб.

Никогда нельзя предугадать, кто, где, когда и как тебе за твои же деньги нагадит.

Он служил по внешнеполитическому ведомству, любил песню Френкеля на слова Зискинда в исполнении Иосифа Кобзона «Я — дипломат» о трудной жизни на чужбине и постился по средам и пятницам. Успел съездить в командировку на Ближний Восток. Но, поскольку там стреляли, скоро попросился обратно в Москву, объяснив своё желание вернуться тоской по родине.

Мать держала в строгости не только мужа, но и ребёнка. Выводя маленькую Ларису на улицу, она очерчивала мелом круг на асфальте и оставляла дочь внутри этого круга. А потом, уже ни о чём не беспокоясь, шла по своим домашним делам. Переступить черту Лариса никогда бы не посмела.

Юрка сам следил за могилой отца и однажды, увидев свой садовый инструмент в чужих руках на соседнем участке, нецензурно призвал злоумышленника к порядку. Потом мучился и при следующей встрече извинился, потому что ощущение солидарности перед этими могилами оказалось сильнее.

Олег был самым высоким мальчиком, у него были наглые глаза кобальтового цвета, и, садясь за пианино, он забывал обо всём. Он играл, как будто рассказывал что-то по секрету только тебе, сам сочинял музыку, стихи и сам исполнял свои песни. Этого было слишком много. Семиклассницы ходили с зарёванными лицами и отказывались учиться. В школе начался повальный мор хорошисток и отличниц, успеваемость резко упала. Надо было что-то делать.

Вид интеллектуальной деятельности, именуемый чтением, она понимала как процесс считывания печатного текста и регулярно читала журнал «Здоровье».

И на глупую Нинкину присказку «Мечты сбываются!», которую та с надеждой любила повторять, у Оленьки был свой ответ. Она знала, что сами мечты не сбудутся. Мечты не сбываются. Мечты — сбиваются. И уж она-то не промахнётся.

Много лет назад мне казалось, что всё лучшее ушло и надежды на будущее нет. Забавно, что это было в то время, когда всё лучшее в моей жизни ещё только готовилось состояться.

Потом, потом — после счастья — настанет время, когда оно уже не вернётся. Зачем тогда я об этом думала?

Да, но ведь есть: «Пролитую слезу из будущего принесу…» Значит, всё-таки я не одна. Бродский тоже заранее думал о будущих слезах, о том, чем придётся потом расплачиваться.

Если бы меня спросили, что такое жизнь, я бы ответила, что это, прежде всего, боль. Мы рождаемся в боли, причиняя боль своей матери, мы познаём жизнь через боль — и не только от наших неудач или унижений. Но также от необратимости жизни, невозможности вернуть лучшее, от безжалостных клыков совести. И главное — от потерь.

Боль пронизывает нас при большой радости. Даже счастье — это разновидность боли. Именно поэтому в радости и счастье люди не только улыбаются, но и плачут.

«Как мне хотелось, чтобы в мужских руках было бы не моё тело, а именно лицо. Чтобы его ладони раскрывались двумя большими листьями и моё лицо помещалось бы между ними бутоном…»

Когда я была маленькая, то думала, что это диагноз. Я стеснялась, старалась никому не рассказывать о своём несчастье, прятала под кроватью альбомы со стихами и рисунками, в девятом классе выбросила в мусоропровод все свои детские дневники — пять толстенных тетрадей.

＊ ＊ ＊

«Как тревожен этот путь, не уснуть мне, не уснуть», — я повторяла эти слова, как заклинание. Впереди действительно был тревожный путь и мои маленькие подвиги, которые дожидались меня и которые мне только ещё предстояло совершить. И сейчас я тоскую по той тревожной темноте и неизвестности, по тому времени, когда мой путь был ещё впереди и я ещё ничего не знала ни о себе, ни о своей жизни.

＊ ＊ ＊

Посмотри теперь, как много было в твоей жизни такого, о чём потом, когда уже ничего не поправить, люди тихо тоскуют. От чего просыпаются на мокрой от слёз подушке. И потом молчат. И мысленно повторяют каждое слово, каждое прикосновение. Стараются кожей запомнить родное тепло. Биение дорогого сердца. Всего лишь сон… И ничего нельзя вернуть…

Я прихожу ко всем. Среди Вас нет никого, кто бы со мной не встретился. А потому готовься. Зажигай свечу побольше, не жалей. И эти слёзы — для тебя.

Придёт весна, а потом следующая — мы будем вместе.

Теперь я буду с тобой всегда.

Я уже иду, открывай.

Ну, здравствуй.

Вот и я — твоё горе.

Для счастья нужно только одно — чтобы все были живы. Но люди осознают это только тогда, когда уже всё произошло.

Из романа «Жить легко»

Все цитаты приведены от лица главного персонажа романа писателя Волковицкого (Горелова).

Больше всего мне нравятся ранние предрассветные часы. Утро — это моё время. Утром ещё всё возможно. Это ежедневный шанс обречённых начать жить сначала. Глубокая воронка наступающего дня с лёгкостью затягивает всё сущее и вашего покорного слугу в том числе внутрь себя, как чёрная дыра. И что там, в этой чёрной дыре непрожитого, знает только моя судьба. А она у меня капризная дама.

Утром Женщина совсем не та, что была вечером или ночью. Она, любая и всегда, немного стесняется. Стесняется того, что было несколько часов назад, стесняется того, что уже почти светло, и того, что теперь она видна уже по-настоящему. А этого не любит никто из них.

Для того чтобы Женщина пошла за вами, с недоумением спрашивая себя, зачем она это делает и почему не может остановиться, развернуться и пойти в нужную ей, а не вам сторону, требуется совсем немного.

Постарайтесь отмотать время назад, постарайтесь посмотреть на неё так, как, например, смотрит отец на свою дочку, сидящую с высунутым языком за письменным столом и рисующую в своём альбоме очередную принцессу с чудовищной по величине короной на голове.

И попробуйте приласкать эту, взрослую, как ту — маленькую.

Обычно в собственных недостатках человек признаётся с удовольствием и даже сдержанной гордостью. Но особенно хорошо это получается у женщин. И попробуй намекни ей, например, что она дура. Глядя на вас, как на тяжело контуженного рельсой имбецила, она с готовностью подтвердит, что вы правы и что она действительно дура. И кто после этого будет чувствовать себя «дурой», догадаться несложно.

Господи, как, оказывается, они, все эти дурочки, в детстве были недоласканы и недолюблены. Как они всю жизнь этого ждут — молчаливо и с бесконечным терпением. Так ждёт собака перед закрытыми дверями, положив голову на передние лапы и не отрывая грустных глаз от полоски света над порогом.

Удивительно, до чего в этот момент они похожи друг на друга: как замирают от неожиданности, как бережно впитывают в себя это самое простое человеческое тепло, как благодарно потом молчат. До сих пор не понимаю, почему чаще всего после этого они начинают плакать.

В каждой взрослой женщине сидит маленькая недолюбленная девочка. И любви ищет та маленькая, которой она была когда-то. А её взрослая ипостась — она чаще замуж хочет, секса хочет и решения своих материальных проблем.

Никогда Женщина не сможет принадлежать вам больше, как в тот момент, когда вы смотрите на неё, а она с закрытыми глазами ожидает вашего поцелуя.

Некоторые выдуманные мной существа часто ведут себя, как им вздумается, и не раз я обнаруживал, что незаметно для меня их характеры и сам сюжет начинают развиваться совсем по другому сценарию.

Что там у Бродского? У него же есть стихи на все случаи жизни — на все случаи моей жизни…

Как много можно сделать, почти не дотрагиваясь друг до друга, как хорошо можно понимать друг друга, даже не будучи знакомыми.

Если однажды я отвечу себе на все вопросы, которые приходят в голову, то, боюсь, жить после этого мне будет трудно.

Мне кажется, самое главное качество Аркашки Несчастливцева — благородство. Оно может быть сознательным, а может проявляться совершенно бессознательно, часто во вред себе. Это его крест, и это его способ жить.

Почему хорошие люди часто бывают некрасивы, почему они обречены острее других чувствовать и грусть, и вину?

Можно осыпа́ть женщину комплиментами, и она останется глуха. Но если ты её просто похвалишь, как хвалят в детстве, то всё — реакция может быть непредсказуемо бурной, вплоть до слёз.

Ну, хорошо, справедливость, наверное, существует,— только у каждого своя. Сколько людей, столько и справедливостей.

Время, когда казалось, что «все умрут, а я останусь», осталось в прошлом. И уже всё чаще просишь о том, чтобы собственный уход, который точно состоится, не был бы мучительным или постыдным.

Время почти остановилось и напоминало мне жёсткий кусок мяса, который всё жуёшь и никак не можешь проглотить, думая только о том, как бы незаметно выплюнуть его на край тарелки. Но вокруг приличные люди, и плеваться нельзя.

Вероятно, то, что мы называем совестью, напрямую связано с тем, что мы называем симпатией или антипатией. И там, где совесть начинает угрызать нас в первом случае, она благополучно засыпает во втором.

Если ваша любимая женщина вдруг вздумает плакать из-за ерунды, самый действенный способ прекратить это безобразие — предложить ей совсем даже не попить, а поесть. То есть не предложить, а невзначай подсунуть ей под руку что-нибудь съедобное из любимого.

Читатель любит, чтобы сначала было страшно, потом завидно, потом жалко, а потом он бы неожиданно обнаружил, что самый умный из всех — это он сам.

Как ни крути, а каждое двуногое, отравляющее жизнь себе подобным, в душе хочет одного — бескорыстной и глубокой любви к своей драгоценной персоне.

Говорят, что не надо себя жалеть. Скажи, а кто тогда меня пожалеет? Кто это сделает лучше, чем я сама?

Я про неё, совесть эту, и знаю только потому, что есть на свете несколько человек, которых я люблю. А где есть любовь, там обязательно сидит в засаде совесть.

«Нормально»… Это слово как теннисная ракетка, которой отфутболиваются мячики вопросов. За него прячутся, и им наказывают.

Счастлив ребёнок, который может сказать, что у него есть мама и папа. Счастлив взрослый, который хранит в душе эти слова, пусть и стесняясь произносить их вслух.

Я к этому не привык. У меня не было мамы и папы, у меня были отец и мать. А это совсем другая история.

Меня не особенно интересует гражданская и патриотическая тематика в художественной литературе. Думаю, тем, кто задумывается о жизни, интересно прежде всего то, что скрыто от посторонних глаз в душе человека. Собственно, ради этого люди и читают тексты совершенно чужих, незнакомых им мужчин и женщин, которые называют себя писателями.

Приём пищи — достаточно интимный процесс, и тот, кому нравится наблюдать его в непосредственной близости от предмета своей страсти или же просто вожделения, что называется, попал.

Гражданская лирика как жанр кроме аллергии вызывает у меня ещё и недоверие к тем, кто производит её на свет. Бродский умел писать и на эту тему, только вот гражданской лирикой это всё равно не назовёшь. Это что-то другое.

Почему административное деление планеты на отдельные государства заставляет любить одну и ту же землю только с одной стороны границы? То есть Бурятия должна быть мне близка и мной любима, а вот Монголия — это уже совсем другое дело?

Нет ничего более скучного, чем сериалы про Джеймса Бонда. После второго фильма уже понятно, что впереди опять погони, женщины, смокинги и техногенные катастрофы, но в конце всё будет хорошо.

В конце концов мне удалось вычислить алгоритм приближающегося разрыва. Я понял, что если я начинаю заискивать перед своей очередной пассией, значит, внутри у меня уже полным ходом зреет желание освободиться от неё. И моё эго, находясь в состоянии затяжной войны с моей совестью, самостоятельно, без моего ведома, пытается выстелить красным бархатом каменистую, утоптанную тропу, по которой уходят ставшие ненужными женщины.

На работе она немножко акула и чуть-чуть крокодил, не знаю, у кого там хватка сильнее. А дома она хозяюшка и плюшевая зайка, ну и всё остальное тоже в полном порядке.

Она только притворялась, что шла за мной, на самом деле она делала только то, что было нужно ей, но делала это с таким упоением, с такой свирепой нежностью, что, казалось, только так и должно было быть.

И есть ли на свете человек, кто ни разу не предавал? У каждого на совести есть какое-нибудь пусть маленькое, но предательство. И самое тяжёлое, что потом ничего не изменить, не исправить, я по себе знаю. Остаётся вопрос: как сам человек к этому относится. Если мучается и помнит, значит, шанс есть, что не гад. Но большинство даже не мучается и находит миллион причин для того, чтобы себя оправдать.

И почему жизнь назначает одного главным персонажем, а другого — проходным, не знает никто.

Когда-то нам было совсем неплохо в постели и находилось, о чём поговорить. Главная неприятность заключалась в том, что нам не о чем было молчать.

Когда человек с тобой искренен, ты многое готов ему простить.

Время не линейно, время эластично и хаотично. И время не лечит.

Из романа «Маленькая Луна»

Сегодняшний день ещё не начался, а я уже на него обиделась.

Во сне я искала выход и пыталась вырваться из замкнутого пространства, но везде натыкалась на таблички «Выхода нет», «Выхода нет». Говорят, психологи настоятельно рекомендуют заменить эту формулировку на другую, с позитивным смыслом, где бы говорилось о том, что выход, конечно, есть. Просто он в другом месте — хорошо бы ещё понять где.

Никогда бы я не смогла сказать в лицо людям, о которых пишу, то, что я о них пишу. Это, наверное, плохо. Но, с другой стороны, если бы это было возможно, то зачем бы эти записи мне понадобились?

«Всё проходит», — сейчас, когда, оглядываясь назад, видишь там бо́льшую часть отмеренного тебе, эти слова меня всё чаще радуют.

Чтобы жизнь была выносимой, нужно видеть её перспективу. Это как необходимый навык водителя — уметь смотреть вдаль и широко по сторонам одновременно.

Зрителей не интересует чужая хорошая жизнь. Им интересна чужая плохая жизнь — проверено на себе, ни одно животное не пострадало. Конфликт — альфа и омега человеческого внимания к себе подобным.

Человек смертен внезапно, вот в чём фокус, так, кажется, сказал Воланд. И к тому дню все наши долги должны быть уже оплачены — так сказала я. А те, что всю жизнь лежат камнем на совести? Что делать с ними? Не знаю.

Наверное, если бы мой муж чувствовал, что я принимаю его со всем плохим и хорошим, что он для меня всегда лучший и единственный, что я готова простить ему всё, если бы он был избалован моей любовью и заласкан моими руками и губами, он был бы другим. И жизнь наша тоже сложилась бы совсем по-другому.

Мне кажется, что весь мир существует для того, чтобы была музыка. Вообще-то, мир и есть музыка, только люди её не слышат. Музыка есть везде. И каждый человек звучит по-своему. Это вибрации его личности, его энергетики.

Ей надо было родиться наложницей в средние века и возлежать на бархатных подушках в опочивальне какого-нибудь султана. А она зачем-то родилась в совке и работала в ателье через дорогу от своего дома.

Художники знают, что цвета работают только в сочетании друг с другом. Так и я сама по себе, может быть, была вполне ничего. Мне только не следовало находиться рядом с такими, как она. Я всё время проигрывала, Иркин цвет забивал мой собственный.

Иногда мне кажется, что я не живу. Жизнь проходит мимо меня, она рядом, но она обтекает меня, как будто я невидимый предмет.

Любят ни за что, просто потому что любят. Любят, даже если ненавидят.

Я вспомнила, что человеку не нужно заслуживать своё маленькое, отдельно взятое личное счастье. И оправдываться мне было не в чем и не перед кем.

Тогда я ещё не знала, что боль причиняют именно близкие. Тогда я ещё не знала, что любовь делает человека беззащитным. Тогда я ещё не знала, что это надолго. Или навсегда.

Страдание… Это то, от чего глупые — умнеют, маленькие — взрослеют, старые — умирают.

Ты врываешься в жизни людей ветром, а они закрывают окна…

Когда случается что-то хорошее, человек обычно считает, что это не просто так, а потому, что он это заслужил, что это ему награда за всё пережитое, и ещё потому, что силы небесные находятся с ним в особой, отдельной от всех прочих связи. Поэтому счастливые перемены в жизни мы воспринимаем как подтверждение своей собственной богоизбранности, о которой мы-то сами всегда подозревали, просто никому не рассказывали.

Нам всем нужны мужские взгляды, мужское восхищение. Это наше эмоциональное поле, и оно должно быть под высоким напряжением: разные заряды, разные полюса. Притяжение и отталкивание, мимолётное обаяние мимолётных историй, которым суждено растаять в воздухе, ещё не родившись. Самая загадочная и пленительная составляющая человеческой жизни, устоять перед которой не могут ни мужчины, ни женщины.

Но скажи мне, что у нас ценится больше? Собственные женские завоевания или удачный брак? Ну ведь сколько бы одинокая баба ни билась, сколько бы наверх ни карабкалась, всё равно её будут жалеть. Потому что важнее быть замужем, чем сделать свою карьеру. А самое хорошее — это сделать карьеру мужу.

Справедливость — это исключительно субъективное понятие, и у каждого она — своя собственная.

И запомни, салага: ни один мужчина не будет жить с женщиной, которая ему не нравится. Даже если не любит — это ещё не так страшно, многие живут без любви — и ничего, обходятся. Но если она не нравится, то тогда хана, Бобик точно сдох.

У меня давно уже имеется твёрдая уверенность в том, что оскорблённое или раненое (ненужное зачеркнуть) самолюбие — это страшная сила, способная пробить любые стены и полностью изменить человеческую судьбу.

Почему-то люди думают, что главное — это объяснить, почему они совершили подлость, и что после этого тебя сразу простят, поймут и полюбят пуще прежнего.

Но «главное» живёт не там, где можно всё объяснить, а там, где объяснить ничего нельзя. И, может быть, именно по этой причине оно и есть для нас самое главное.

❧

«Слово изречённое есть ложь» — это не всегда так. Наш мысленный монолог даёт много скрытых подсказок для того, чтобы оставаться всегда правым в своих глазах. Но «слово изречённое» такие подсказки делает заметными.

❧

Мне кажется, что форма диалога при общении людей друг с другом отсутствует, его заменяют монологи — у каждого свой. И как же можно услышать другого, когда чаще всего мы не можем услышать даже самих себя?

❧

Когда-то наша мать говорила, что есть проверенный способ узнать, можешь ли ты ещё жить со своим мужчиной. Это не общая постель, это — общий стол. Если тебе не противно смотреть на него, жующего, считай, испытания прошли удачно.

❧

Мориц чувствовал, что он немного заискивает. Хотя что значит «немного»? Можно или заискивать, или нет. Он — заискивал и от этого не любил себя, а потому, в свою очередь, не любил её. «Люди, которые заставляют нас не любить себя, очень противные. А она — самая противная…»

Ну вот, я же предупреждала, что всё сложное можно объяснить просто, и не нужно трое суток выяснять отношения. Я представляю: она бы рыдала, замогильным голосом декламировала бы ахматовское «Я научилась просто, мудро жить…» и бегала бы сморкаться в ванную. Он бы хватался за голову и проклинал тот день и час… ну и так далее. А так я всё коротенечко объяснила и всё расставила по местам. Здорово, правда?

Всё дело в том, что Вселенная всё время посылает нам свои сигналы, и нужно просто научиться их считывать.

Я-КРИТИК
Женщина
в свободном
пространстве
ЕЛЕНА

Голубой огонь
Софии Юзефпольской-Цилосани

…Забыть струну! Забыть! — пускай икотой,
как в детстве, завершится этот плач.
— И вас забыть, ненастною погодой,
которому я одолжила плащ.
И не пытаться звёзды на капоте
с того плаща на пальцы себе лить:
Я одолжила плащ, и вы пока живёте.
И всё, о чём прошу, — останьтесь жить!
Пусть не нальются струны мои светом,
Я откажусь от музыки дождя…
Живите только… долго-как-то-где-то…
Живите! …кстати, проще без меня.

Апрель 2010 г.

София Юзефпольская-Цилосани

Она ушла в 2017 г. Навсегда.

В первую годовщину ухода Софии поэтический альманах «Связь времён» в разделе IN MEMORIAM опубликовал её стихи и мой небольшой текст.

У этой женщины синие глаза и тёмные волосы. У неё четверо детей и докторская степень по литературоведению. Крайне напряжённая внутренняя жизнь и впечатляющие профессиональные успехи. Свои стихи она читает сбивчиво, волнуясь и не всегда поспевая за ними. Первое же впечатление ошеломляет, ты понимаешь, что перед тобой явление. Наверное, жизнь любит этого поэта (а София относится к тем авторам, кого невозможно назвать «поэтесса»): она разрешает близко подойти к тайному, рассмотреть скрытое, понять непостижимое.

Её дарование напоминает долину гейзеров. Мощное биение пульса выталкивает на поверхность горячие всплески стихов, а где-то в глубине тем временем происходит главное — звуки, слова и жесты, краски и ароматы, сны и воспоминания переплавляются и становятся горючим, питающим творческое вдохновение.

София Юзефпольская-Цилосани говорит с миром. Её мир особенный, там есть место прошлому и будущему, великому и очень простому, взрослому и детскому, зачастую почти невидимому, всему тому, что исподволь, часто незаметно, творит жизнь.

Её собеседники не только Мандельштам и Цветаева, Шопен и Ван Гог, но и собаки, дети, кошки, цветы, птицы, люди и, наконец, стихи (об этом в стихотворении «Собеседники»). Сложнее всего с людьми: «Впрочем, об этом мне очень мало известно»… И эта деликатность поэта, много знающего и понимающего «про людей», необыкновенно трогает. Ну и самое болезненное из вышеперечисленного — стихи. Это они заставляют автора «выкраивать из своего бумажного сердца всем давным-давно известные истины».

Обречённость мудреца и мужество поэта, пристальный взгляд на нашу общую, проживаемую нами «здесь и сейчас» жизнь и на то, о чём редко говорят, предпочитая сказанному прочитанное…

Первый сборник стихов Софии назывался «Голубой огонь». У этой книги счастливая судьба и ещё у неё удивительное название. «Голубой огонь» — это стихи, уже написанные, и те, которым ещё предстоит родиться. «Голубой огонь» — это поэт. Поэт София Юзефпольская-Цилосани.

***

Несколько лет назад на одном из поэтических вечеров, когда уже выступили все авторы, к микрофону подошла женщина. Она заметно волновалась и заранее извинилась за то, что специально не готовилась и что это выступление неожиданное и для неё самой. Её голос чуть прерывался, голова была откинута назад. Не знаю почему, но её волнение передалось и мне.

Я внимательно слушала её и понимала, что это нужно не только слушать, но и читать. Стихи были трудными, что-то ускользало от внимания, и это было обидно.

Она мне ужасно понравилась и своим детским, искренним волнением, и тем, как она выглядела: тёмные волосы, синие глаза и огромные, «цветаевские», перстни на пальцах.

После того как вечер закончился, я подлетела к ней, сказала, как мне нравятся её стихи, и мы почему-то обнялись, как будто знали друг друга до этого. Она подарила мне свою книгу. На обложке было написано имя автора: София Юзефпольская-Цилосани. С тех пор мы начали дружить.

Соня. Больно.

Альманах-ежегодник «Связь времён»,
2017 (Сан-Хосе, США)

Свободное пространство Елены Литинской

*Рецензия на роман Елены Литинской
«Женщина в свободном пространстве»,
изд-во «Bagriy & Company», Chicago, 2016 г.*

Голос писателя и поэта Елены Литинской — негромкий, выразительный, принадлежащий безнадёжно интеллигентному человеку. Но это не всё. Этот голос принадлежит безнадёжно интеллигентной талантливой женщине. Вот такая незадача.

Героиня нового романа Литинской «Женщина в свободном пространстве» — тоже безнадёжная интеллигентка, и это беда не поддаётся коррекции, не зависит от обстоятельств жизни, возраста и страны проживания. Это крест, который обречены нести «посвящённые», независимо от их абстрактных желаний и конкретных планов на жизнь. Это свойство натуры, врождённое ли или приобретённое — до сих пор идут споры на эту тему, — чаще мешает, чем помогает. Но это последнее, от чего человек откажется, потому что интеллигентность — та самая имманентная составляющая личности, что и помогает человеку оставаться человеком при любых жизненных обстоятельствах.

Люсе Теплицкой не позавидуешь. Казалось, всё, что может свалиться на голову отличнице, девочке из хорошей семьи, выпускнице филфака МГУ, не обошло её стороной. Немножко истории, чтобы было понятно, что представлял собой филологический факультет МГУ в «застойные годы». Это было несколько не то, что есть сейчас, это был храм не только науки, но и красоты: «факультет невест» называли его те, кто понимал. И может быть, по этой причине вестибюль и старого университетского здания на Моховой, и нового гуманитарного корпуса на Ленинских горах был местом паломничества для многочисленных особей мужского пола с развитым чувством прекрасного.

Почему героине романа Люсе не повезло с любимым мужчиной, школьной ещё любовью, не знает никто. Ответа на этот вопрос в романе нет. А на вопрос, почему она принимает решение начать «заместительную терапию» по неважно зарекомендовавшей себя методике «клин клином», предположительный ответ найти можно. Если бы Люся в своём детстве меньше времени проводила за письменным столом, а позже — в университетской библиотеке, то и опыта, наверное, у неё было бы побольше. Того самого житейского опыта, который так хорошо помогает другим девочкам с другими преференциями, у которых в жизни обычно всё просто.

А у Люси всё сложно. И с самого начала повествования чувствуется некоторая обречённость, замешанная на грустном осознании того, что и дальше ей тоже будет нелегко.

Это история о том, как молодая, отягощённая комплексами наследственной интеллигентности, не обладающая житейскими навыками и практической сметкой женщина осталась в чужом, незнакомом для себя мире — том самом «свободном пространстве», которое упоминается в заголовке. Можно было бы написать, что она осталась «один на один с суровыми реалиями жизни», но всё гораздо хуже. Она «не один», она остаётся с ребёнком на руках. Без мужа, без родителей, без друзей, без денег. Проще сказать, что у неё было, чем перечислять то, чего у неё на тот момент не было. А были воля, сила характера, личное мужество, о существовании которых она, может быть, и сама раньше не догадывалась.

В романе есть персонаж, который можно назвать антиподом героини. Это её муж Андрей. Совершенно разные реакции на одни и те же «вызовы», взаимоисключающие приоритеты, противоположные экзистенциальные выборы: им никогда не выстроить общую жизнь, никогда не понять друг друга.

Люся, оказавшись в экстремальной ситуации, когда до благополучного, выложенного мягким войлоком заботы и любви родительского гнезда её теперь отделяют даже не географические десять тысяч километров, а парсеки, собирается в пружину, предельно концентрируется и начинает свой путь «вперёд и вверх», ведя за собой сына. Назад пути нет, она уезжала в ту пору, когда это было навсегда.

И принимает единственно правильное решение — расстаться с Андреем.

Красивый, сильный, молодой, образованный мужчина, не умеющий самостоятельно жить, не понимающий своей роли отца и мужа, — да кто ж его не знает? Его могут по-другому звать, и глаза у него могут быть не зелёные, и образование не медицинское, но образ этот, увы, печально знаком многим, и большая удача, если такой мужчина не осчастливит какую-нибудь юную деву предложением своей неумелой руки и холодного сердца.

Пока Люся Теплицкая пытается наладить свою жизнь, у нас есть возможность присмотреться к её окружению. Перед нами проходит галерея портретов, мужских и женских. Это коллеги по работе, которую всё-таки нашла Люся, начальницы — вредные и не очень. Героиня входит в неведомую ей ранее американскую жизнь — деловую, бытовую и личную.

И, конечно же, читатель слаб, и ему очень интересно, а как там у молодой и привлекательной женщины на сердечном фронте? Может быть, она не станет перед нами притворяться, что карьера, обучение и материнство отныне заменят ей все остальные радости жизни?

Не станет. Люся — не только женщина, оказавшаяся в трудных жизненных обстоятельствах, она ещё и романтическая натура, воспитанная на лучших образцах русской и мировой литературы.

И опять галерея портретов, на этот раз мужских. Симпатичные и не очень, приятные во всех отношениях и неприятные совсем, широкие и прижимистые — разные. Там нет только одного — такого, в кого бы она влюбилась так, как читала об этом в девичестве: «сразу и навсегда». А «заместительная гормонотерапия» — это не для неё, приходит она в конце в грустному выводу.

Люся училась в МГУ, потом работала и не собиралась уезжать из своей страны. Инициатива принадлежала её мужу, ей самой это решение давалось очень тяжело. Но ей помогли. Ей помогли понять, что уезжать нужно и чем скорее, тем лучше.

Елена Литинская проводит свою героиню через маленькие круги советского ада. И, вероятно, только человек, сам прошедший через оформление эмиграции, может до конца понять, что же пришлось пережить Люсе перед отъездом.

Вялотекущее оформление документов, многочисленные унижения — большие и не очень, наконец, прощание в аэропорту, досмотр, вернее обыск, вскрытые утюги и выброшенные из чемодана личные вещи… На этой высокой ноте проходило её расставание с родиной. О последних днях на родине рассказано немного, несколькими строками, но читатель понимает, где и почему героиня романа поставит запятую в знакомом многим «остаться нельзя уехать».

Роман Елены Литинской написан в строгой, сдержанной манере повествования, и в то же время автор честен и откровенен с читателем. Он даёт нам возможность увидеть свою героиню разной, в том числе и в ситуациях, которые той, вероятно, будет нелегко вспоминать в своём будущем.

Этому способствует интересная форма повествования, выбранная автором. В книге два повествовательных плана. Один — внешний, который следует за канвой событий, другой — внутренний, от лица героев произведения, позволяющий нам увидеть драматическое и в то же время такое обычное несовпадение первого и второго.

Внутренние монологи самой Людмилы — это её реакция на происходящее, раздумья о жизни, оценка людей и самоанализ: *«Если рассматривать человеческую судьбу как Божий дар на весах справедливости, груз негатива и страданий должен уравновешиваться грузом радостей и счастья, — мечтала Люся и сама же с собой спорила: — Должен? Иллюзорное философское умозаключение, не подтверждённое жизнью. Никто в этом мире никому ничего не должен. А уж тем более Всевышний — роду человеческому»* …

«Свободное пространство» — прекрасная метафора, которая верна по сути и по форме. Оказавшись в этом пространстве, мы свободно перемещаемся из настоящего в прошлое, из одной страны в другую. Каждая глава имеет свой хронологический указатель, который помогает нам существовать в двух параллельных мирах романа.

Елена Литинская обладает редким, исчезающим на наших глазах даром — абсолютным литературным слухом, что позволяет ей создавать безупречные, с точки зрения языка, поэтические и прозаические произведения. Этот роман не стал исключением, читающим его он приносит отдельную радость и в этом отношении.

Это не означает, что язык книги стерилен, это означает лишь то, что он красив своей насыщенностью, выразительностью, разнообразием и точностью.

История жизни Людмилы Теплицкой не заканчивается с последней главой. Последние строчки застают героиню на гребне надежды и предчувствия новой, очень важной для неё встречи. Людмила уже многому научилась, многое поняла, увидела, и мы можем быть уверены: она и сама не пропадёт, и сына своего вырастит. Эта женщина сделала главное: она научилась жить в свободном пространстве.

И «коротко о погоде»: на картине, которая украсила обложку книги, тихий и ясный вечер. Там разноцветные тени отражаются тысячью красок в спокойной воде, а мягко мерцающий свет в окнах говорит о том, что солнце только-только село. На переднем плане молодая синеглазая женщина, на открытых ладонях у неё птица. Эта птица свободна, она уже расправила крылья и готовится к полёту. И что-то говорит нам, что и сама женщина тоже свободна.

Художник Лана Райберг, картина «Голубая тишина», выбор Елены Литинской.

Литературный журнал «Чайка», (Бостон, США)

Загадка Михалевича-Каплана

*Рецензия на книгу Игоря Михалевича-Каплана
«Музыка в Нью-Йорке»,
изд-во «Побережье», Филадельфия, 2016 г.*

Так хочется воспарить,
Но теперь уж нельзя —
я разбился бы вдребезги,
если бы не два крыла…

О поэзии Михалевича-Каплана писали такие известные критики, как Валентина Синкевич и Евгений Зеленюк, литературоведы Евгения Жиглевич и Наталья Гельфанд, поэт Ирина Машинская, главный редактор журнала «Чайка» Ирина Чайковская и ныне покойный писатель Вильям Баткин.

Аскетичность поэтического языка, прозрачность и точность формы, часто тяготеющей к японским haiku, любовь к свободному размеру, недосказанность в повествовании и интимность интонации делают стихи И.М.-К. легкоузнаваемыми, неповторимыми и обещают массу проблем смельчаку, который бы решился им подражать. Новый авторский сборник «Музыка в Нью-Йорке» вобрал в себя все особенности поэтического стиля одного из самых значительных современных поэтов русскоязычной Америки.

Вот об этом сборнике и пойдёт речь.

Начну с цифр. Они негромко, но настойчиво обращают на себя внимание пристрастного читателя. Книга «Музыка в Нью-Йорке» состоит из трёх частей: «Стихи, написанные после 2000 года», «Микропоэмы» и «Стихи, написанные до 2000 года». Иначе говоря, поезд дал короткий гудок и поехал в противоположную ожидаемой сторону — из настоящего в прошлое. Но и это ещё не всё. Внутри каждого цикла стихи датированы согласно той же логике: от настоящего к прошлому.

Как интересно отматывать ленту времени назад. Среди прочего, возраст дарит нам и эту редкую возможность. Кто в юности мог предугадать, что будет с ним в будущем — через двадцать, тридцать или страшно сказать сколько лет? Но вот то самое «будущее» наступило, мы смотрим на себя прошлых и удивляемся: «Я ли это?»

У пишущего человека есть преимущество. История его жизни, внутренних кризисов, душевных ран, разочарований, дружб, любовей и личностных прорывов остаётся в его записях: дневниках, прозе или стихах.

Стихи Михалевича-Каплана могут рассказать об истории его внутренней жизни многое. В предисловии к «Интимному дневнику» Цветаевой говорится о том, что читать его иногда неудобно, настолько обнажена и беззащитна внутренняя духовная жизнь поэта. Думаю, слова эти пришли мне на память неслучайно.

Стихотворение «Моление о продлении жизни», открывающее книгу, не датировано. Правильнее было бы сказать, это стихотворное послание с открытой датой. Это обращение к Богу и молитва человека о самом главном. Очень много прожито, пережито и понято. Любовь и вера — два крыла, которые позволяют нам взлететь над тёмными сторонами жизни, и счастлив тот, кому они даны:

О, Господи, дай крылья моим детям, и они сами научатся летать,
Дай им свободу полёта, чтобы они как можно дольше жили,
Дай им простор мысли, чтобы они полюбили и были любимы,
Дай им состариться, чтобы они этого не заметили.
Отпусти их руки и преврати их опять в крылья,

                          когда я буду уходить навсегда…

И каким сдержанным трагизмом наполнены две последние строки этого светлого стихотворения:

          И не суди по всей строгости
          я уже отдал свои крылья своим детям…

Рассказывать о стихах — неблагодарное занятие.
Абрикосовое лето, абрикосовое солнце… — это нужно просто прочитать и впитать в себя тепло и аромат, цвет и настроение этой строки. Я постараюсь рассказать о том, почему эта книга так интересна.

Да, конечно, здесь есть ностальгия об ушедших годах:

          И вдруг присядут в полукруг
          моей неверной юности друзья
          счастливые, но ветреные годы.

          Я ушёл надолго в путь далёкий
          Возвращусь когда-нибудь назад,
          Только свет от фонаря тревожит
          Только чувство памяти треножит.

И есть внятная и спокойная тема конечности жизни и того, что остаётся после нашего ухода:

> Лишь человек о себе
> оставляет невидимый след…

> Когда я уйду…

От этих слов уже обрывается сердце.
И всё-таки попробую дописать:

> Когда я уйду,
> Тёплым дымом согреют
> Вишнёвое дерево поутру.
> Бело-розовым цветом
> Будет помнить оно обо мне.
> Встревоженной птицей на небе
> я исчезну из жизни вовек.

Шесть лет назад было написано «Откровение». Как и «Моление о продлении жизни», это размышления о духовных вершинах, о том, с чем человек приходит к непростому этапу своей жизни, когда «пора собирать камни».

> Я знаю, что ничего не могу взять с собой
> В Вечную Дорогу,
> Поэтому всегда оставляю ещё кому-то свои мысли,
> Поэтому у меня есть друзья и ученики.

И здесь же:

У меня в жизни всё переменчиво и неизменно,
Как в начале пути, так и в конце.
И я до сумасшествия люблю жизнь.

Но, если бы даже не прозвучало это скупое и немного застенчивое признание, с первых строк этой книги можно почувствовать, что именно любовь согревает эти стихи.

Среди многочисленных статей Игоря одна из лучших — статья «В небе наше гнездо», посвящённая творческим судьбам русскоязычных авторов-зарубежников, во многом отделённым и отдалённым от литературного «материка» современного российского литературного процесса. Название её очень символично, и оно не только о литературе.

Тема «гнезда», любимой Украины, отчего дома не отпускает, она болит и будет болеть всегда. Игорь это знает. Он с этим живёт уже много лет.

Что осталось от дома моего?
Ветка на ветру,
Птица на лету…

Луг тонкой ниткою сшит
Клювами аистов белых.

Птицы и их гнёзда, часто разорённые, часто вынужденно оставленные, а иногда — сгоревшие в огне войн.

Отец… Польша, Франция, Россия. Потом будет война. И лагерь беженцев в Германии.

> Шопен, как шёпот листьев Польши,
> О днях, прошедших под подошвой,
> О скрипаче со шляпой у костёла,
> Старухе в чёрном с Маршалковской.

Милый шелест польского языка, очарование этой многострадальной страны… Польша — это отец, это любимый автором Шопен, это родная по голосу крови страна:

> Здесь мой отец когда-то жил.
> И я, как и он,
> От грусти сердце простудил.

Невозможно не вспомнить в этой связи поэму «Об исчезающем времени и о чуде»:

> Удивительна и загадочна судьба моего народа,
> Будто пособие по древней истории.
> Мне нелегко досталась эта порода…
>
> Их судьба — всегда быть гонимыми
> Из одного племени в другое…

Да, стихи пересказывать — неблагодарное занятие. Поэтому, чтобы понять масштаб исторической катастрофы на примере одной семьи, их надо читать.

Методично и, кажется, бесстрастно перечисляет автор каждого из своих родственников — замученного, убитого, сожжённого. Этих людей много. Это то, что могло бы быть для него большой еврейской семьёй, где так умеют любить и беречь друг друга. Но этой семьи нет и уже никогда не будет. Лишь старые фотографии на столе, мысленный разговор автора с родными людьми.

Когда я начинаю думать обо всём этом,
мне кажется, что я сам превращаюсь в пепел…
В такие минуты я могу слушать только музыку Шопена.

Я думаю об исчезнувшем времени их жизни.
Разве оно испарилось в никуда?..
Скорее всего, в бессмертие…

Но жизнь идёт дальше, а стихи, в нашем случае — от страницы к странице, всё ближе к своим истокам.

Есть в Европе страна, любовь к которой не оставляет автора. Как легко его понять! Испания… Кто был там однажды, тот будет помнить её всегда. А если немного знать биографию И.М.-К., то несложно догадаться, цитируя Михаила Светлова, «откуда у хлопца испанская грусть». Три месяца, проведённые в прикарпатском селе рядом с цыганским табором, вероятно, стали для поэта тем воспоминанием, которое остаётся в душе навсегда. А в Испании, наверное, произошла радость узнавания.

И вот откуда та самая испанская «грусть», замешанная на любви к Западной Украине и цыганской вольнице:

Испанской музыки кровосмешенье:
гитары, бубны, кастаньеты.
Цыганских ног раскрепощенье:
Свобода, воля и фламенко.

Ещё не раз, погружаясь в своё прошлое, будет вспоминать он об Испании. И каждый раз его стихи будут наполнены музыкой и ритмом фламенко.

Романтический образ коня как символа свободы тоже оттуда, из детства, из табора, и он, как и птицы, как и крылья, тоже любимый у Михалевича-Каплана. Об этом уже писали не раз, но сложно удержаться и не упомянуть о талисмане Игоря:

Серебряная лошадка с откинутой головой…

А до того в поэме «Вечер в Филадельфии» мы прочитаем:

Мчится на раскрытой ладони
Серебряный конь с откинутой головой.

Мы любим города, в которых побывали, не только за то, что там увидели, но и за то, что там пережили. И если мозаика чувств и впечатлений сложилась, то этот рисунок впечатывается в память навсегда.

Игорь любит Париж. И в одном из своих интервью он даже признался, что возможность жить в Париже могла бы стать для него лучшим подарком.

Но не только сам Париж так дорог ему: «*Этого города нет без тебя, ты — Париж для меня…*»

Автор ещё не раз будет мысленно возвращаться туда. И каждый раз будет говорить о любви к Городу и Женщине.

Женщина… Конечно же, она присутствует в этой книге. Мы никогда не увидим её лица, никогда не узнаем её имени.

Посвящения есть, и невозможно устоять перед соблазном и не задуматься о том, какие же они, женщины, заслужившие посвящение поэта? Но, несмотря на конкретные имена и даже фамилии, загадка остаётся. И автор не даёт нам никакого шанса на то, чтобы её разгадать. Да и стоит ли?

> В поле гречиха цветёт,
> Пчёл привлекая заманчиво.
> Походка твоя, как мёд,
> Плавно течёт загадочно.

> Поздняя осень,
> Барьер из стекла.
> Жёлтые листья на окнах.
> Я отражаюсь и вижу тебя —
> почти до физической боли.

Такие разные интонации этих двух четверостиший, так далеко разнесены летняя истома, любование женской красотой, предчувствие счастья в одном случае и горечь разрыва, которому так созвучна глухая тоска поздней осени, в другом. Летний мотив — это стихи последних лет, осень — строчки, написанные много лет назад. А, казалось бы, всё должно быть наоборот...

Михалевич-Каплан всё делает по-своему.

По-своему пишет стихи, где стилистика японских хайку перемежается с фольклорными украинскими мотивами, по-своему составляет книги, где временная последовательность повёрнута вспять. По-своему чувствует смерть и по-своему чувствует жизнь.

Я благодарен судьбе за две вещи:

За то, что я живу,

И за то, что я писатель.

Я — живое воплощение жизни и её законов, и её поэзии,

и воли Всевышнего.

Я научился чувствовать то,

Что было для меня непостижимым …

Альманах-ежегодник «Связь времён»
2017 (Сан-Хосе, США)

Интервью

встречаются именно те люди,
которые тебе помогут
если делаешь своё дело, по-настоящему своё, любимое,
если делаешь своё дело, по-настоящему своё, любимое,

Авторская программа Веры Сухининой «Моя история. Так бывает». Проект «Леди сорок плюс»

Интервью с Татьяной Шереметевой

Писатель Татьяна Шереметева

Из Москвы. Из семьи военного лётчика. Окончила филологический факультет МГУ.

После окончания университета три года проработала в Индии, после этого — в В/О «Международная книга» (Москва), позже была командирована в Швейцарию.

По возвращении из командировки прошла отборочный конкурс и пятнадцать лет занимала руководящие посты в международном корпоративном бизнесе.

Последние годы вместе с мужем, сотрудником ООН, живу в Нью-Йорке.

Член Американского ПЕН-центра, Национального союза писателей США, Совета директоров «Пушкинского общества Америки».

Автор более четырёхсот публикаций в бумажных и электронных изданиях России, Германии, США, Канады, Израиля, Украины и Беларуси.

Ведущая авторской колонки «Путешествия дилетантки» журнала «Elegant New York».

Ведущая авторского блога «Проверено на себе» медиа-портала «RuMixer.com» (Чикаго).

Ведущая авторского блога в журнале «Чайка» (Бостон).

Приглашённая соведущая проекта радио Чикаго «Народная волна» «Встречи с интересными людьми».

Автор книг:

«Посвящается дурам. Семнадцать рассказов»

— Победитель Германского международного конкурса «Лучшая книга года».

«Грамерси-парк и другие истории»

— Лауреат Германского международного конкурса «Лучшая книга года».

— Лауреат Международного конкурса им. Дюка де Ришелье «Алмазный Дюк».

Роман «Жить легко»

— Лауреат Германского международного конкурса «Лучшая книга года».

— Гран-при Международного конкурса им. Дюка де Ришелье «Бриллиантовый Дюк».

Роман «Маленькая Луна»

— Лауреат Германского международного конкурса «Лучшая книга года».

— Гран-при Международного конкурса им. Дюка де Ришелье «Бриллиантовый Дюк».

Лауреат Международной литературной премии им. Антуана де Сент-Экзюпери «За выдающуюся творческую деятельность».

Лауреат и член жюри различных международных литературных конкурсов.

— Внушительная биография, Татьяна! Не хватает только звания Нобелевского лауреата, и признаться, я не удивлюсь, если однажды услышу об этом. Что для Вас успех? Какой Вы видели себя в 20 лет? Всё ли сбылось?

Когда-то успех был для меня главным смыслом жизни. Было много дурацких амбиций, которые, кстати, иногда шли на пользу дела. Во всяком случае, хорошо учиться они мне помогали. С возрастом отношение к успеху изменилось, и я этому очень рада.

Мы не можем всё время выигрывать, мы не можем получать только «пятёрки». Наверное, мудрость жизни состоит в том, чтобы учиться не только выигрывать, но и держать удар, когда проигрываешь.

Я относилась к числу «романтических дев», кормилась классической литературой, поэтому мои представления о жизни в ту пору не выдерживают никакой критики, и то, что я себе в те годы намечтала, сбыться не могло. Это если говорить о форме и деталях. А по существу, как это ни смешно, действительно многое сбылось. В противном случае не давала бы я Вам сейчас это интервью.

— Вы помните свою первую публикацию? Что это было и о чём?

Прекрасно помню, это событие описано в моём рассказе «Сбитие мечт. Хроника пикирующего детства». Я написала большую статью о нашем учителе-химике. Он был искренним и неравнодушным человеком, прекрасно знал свой предмет, и в школе его очень любили. Написала и отнесла материал в тогда мало кому известную газету «Московский комсомолец».

В те годы никакой охраны при входе в организации и в помине не было. Заходи и топай, куда тебе нужно. Открыла дверь в какую-то комнату, там меня встретил смешной лохматый парень с большими глазами. Посмотрел статью, сказал, что я умница, что статья моя будет опубликована через неделю и что зовут его Юра Щекочихин.

— Кто ваши родители? Они поддерживали Вас в выборе профессии?

Мой отец был военным лётчиком, воевал и на всю жизнь сохранил дружбу со своими фронтовыми товарищами. Мама работала урывками, когда позволяли семейные обстоятельства, на рядовых должностях в разных московских организациях со сложными дурацкими названиями. Она была смешливым, наблюдательным человеком, и её рассказы о сослуживцах и буднях советских бюрократических организаций можно было бы издать отдельной книгой.

Мы были бы обычной советской семьёй, если бы не родители отца — мои дедушка и бабушка. Как они уцелели во времена революций и войн, сложно сказать, хотя прошли через все возможные испытания.

Мой дед был офицер царской армии, воевал в Первую мировую, заслужил два Георгия. На фотографиях тех лет можно видеть, что он был именно таким, как мы представляем себе цвет российского офицерства: тонкое породистое лицо, прямой взгляд, короткие усы, эполеты и аксельбанты. Высокий, стройный, красивый.

Бабушка была классической гимназисткой — с косой, бантом и «заветной тетрадью» со стихами, которая хранится теперь у меня. Начинала она свою взрослую жизнь сестрой милосердия, потом до самой пенсии работала в детской больнице.

Мы жили на Чистых прудах, и бабушка нашу квартиру называла «уголок старой Москвы». Это действительно было так. Книжные шкафы, старые настольные лампы под мягким абажуром, вязаная шаль на подлокотнике кресла, уют, который бабушка создавала своими руками. Она великолепно вышивала, и её салфетки, дорожки, диванные подушки были украшением нашей квартиры.

И дед, и бабушка всегда много читали, знали и любили поэзию, были по-старомодному воспитанными и деликатными людьми, оба прекрасно владели пером. Дед оставил замечательные воспоминания о нашей семье, а бабушка в те годы, когда мы были в разлуке, писала мне удивительные письма, которые я перечитываю до сих пор.

Что касается выбора профессии, то вопрос об этом вообще не стоял. Я начала писать тогда же, когда и научилась читать. Сначала дописывала продолжение к прочитанным книгам, потом придумывала свои истории, в старших классах окончила школу журналистов для одарённых детей при журфаке МГУ. Единственное, я до конца не могла определиться, будет ли это журналистика или филологический факультет. В итоге выбрала филфак.

— Их отношения были для Вас примером?

Да, конечно! У нас была дружная, любящая семья. Бабушка обожала деда и сохранила романтическое отношение к их союзу на всю жизнь. Родители тоже были очень привязаны друг к другу и прожили в браке более пятидесяти лет. Конечно, случались у них и ссоры, и ревность, но помогали любовь и чувство юмора. Однажды, когда папу положили в больницу, мама так переживала, что ей тоже стало плохо, и на следующий день она оказалась там же. Лечащие врачи в шутку называли их Ромео и Джульетта.

— Вам часто везло в жизни?

Не часто, но бывало. Причём, как я сейчас понимаю, начинает везти тогда, когда чего-то очень сильно хочешь и очень стараешься этого добиться. Вот тогда обстоятельства начинают работать на тебя. Это явление ещё мало изучено наукой, но то, что оно существует, могу подтвердить под присягой.

— Есть такая теория: если делаешь своё дело, по-настоящему своё, любимое, то Вселенная открывает именно те двери, которые тебе нужны, встречаются именно те люди, которые тебе помогут. Это так?

Именно так! Удивительные совпадения, когда ты оказываешься в нужном месте в нужное время и только потом понимаешь, что это направило твою жизнь совершенно в другое русло, что в тот момент произошёл перелом в твоей судьбе. Как будто кто-то тебе говорит: «Ну ладно, помучилась и хватит. Вот тебе шанс, посмотрим, как ты им распорядишься».

— Что для Вас значит женское счастье?

Это когда есть кого любить и есть возможность эту любовь выразить.

Когда тебе открыт доступ в заповедный, закрытый для посторонних мир, где у тебя с твоим любимым человеком такая близость, такое понимание, такая свобода и защищённость, что все внешние проблемы и неприятности меркнут и кажутся ерундой.

Ну и, конечно, дети, которым мы должны быть благодарны уже за то, что они пришли в нашу жизнь. Ни работа, ни карьера, ни личный успех не могут сравниться по значимости с семьёй. И ничего лучше этого, наверное, и не существует.

Знаете, в каждой счастливой семье есть свои особенные словечки, шуточки, которые понятны только посвящённым, свой закодированный язык.

Я помню, нам с мамой достаточно было просто переглянуться, и мы обе уже всё понимали и начинали хохотать, как сумасшедшие. К счастью, то же самое есть и у нас с мужем. Мы тоже много смеёмся и перебрасываемся разными, на посторонний взгляд, странными знаками или словечками, которые для нас имеют свою историю и часто забавный смысл. Думаю, что это знакомо многим парам. Здесь даже не нужно особенно ничего объяснять.

— В 30 лет Вы так же думали?

В тридцать лет я была разведена, ходила по развалинам своей прежней жизни и думала о том, как выбираться из-под обломков и по новой завоёвывать оставленные рубежи.

Плохо было на всех направлениях: морально, материально, самооценка, здоровье, карьера, перспективы — всё было ужасно и безнадёжно.

Как выбираться из этой личной катастрофы, я тогда ещё не знала. Но в той ситуации был у меня маленький спасательный круг — семья, в которой я выросла, и моя ненаглядная детка — мой сын.

Как раз в то время в один из вечеров я взяла лист бумаги и записала туда все задачи, которые должна была решить. Дала себе для этого три года. Цель была — вывезти ребёнка за границу в хорошую страну и вырастить его там — безусловный бред, о котором я никому не осмеливалась рассказывать. Я работала в престижной внешнеторговой организации, но без связей и без членства в партии никаких шансов у меня не было, поэтому решила зарабатывать очки всеми возможными другими способами. Дополнительное, уже профильное образование, языки, общественная работа, пионерский лагерь, куда я ездила вожатой и что очень ценилось, и прочие достижения, которые помогли бы мне сформировать бесспорный набор объективных преимуществ.

Это был ад, я вставала в половине пятого, когда сын ещё спал, и приходила домой за полночь, когда он уже спал. Училась до работы и после. Ребёнок мне писал письма, рисовал в них бесконечные сердца и оставлял их на моей кровати. Моё счастье, что мы в то время уже жили вместе с моими родителями, они взяли львиную долю домашних забот на себя.

Свой тридцать третий день рождения я справляла в Женеве.

— Да, меня часто спрашивают, почему я хочу услышать личные истории героинь. Какое отношение они имеют к историям успеха? Так вот, я убеждена, муж, мать или дети. В этом есть что-то общее во всех историях успеха.

Кто-то сразу, ещё в школе или институте, встретил своего человека и прожил с ним счастливо много лет, создавая вместе бизнес, строя дом, рожая детей. А кто-то шёл к этому долгие годы и потом, найдя Его, круто менял жизнь. Женщина счастлива, когда любима, и в этом состоянии готова творить чудеса!

И мне кажется, что Ваши героини, Татьяна, тоже на пути к такому настоящему женскому счастью. И только человек, который побывал и в том, и в другом качестве, кто сам испытал «жуткий холодок свободы», а потом ценил то, что Вселенная ему подарила, может так точно описывать характеры!

Я с наслаждением читаю, не сразу всё, растягивая удовольствие и давая себе время «прожить и переварить» трогательные и настоящие истории из жизни, такие ироничные, остроумные, по-доброму честные, смешные, иногда грустные и лёгкие из Вашего сборника рассказов «Посвящается дурам. Семнадцать рассказов». Всегда с неожиданным финалом. Я смеюсь до слёз, читая Ваши рассказы! Это точно всё о нас! Какие же мы, бабы, все одинаковые! Какие же мы дуры!

Ловлю себя на мысли: как жаль, что эти книги невозможно пойти и купить в московском книжном магазине. Не могу привыкнуть к книгам в электронном виде. Такие потрясающие рассказы хочется перечитывать, выписывать цитаты, держать их в руках, видеть на полке в своей библиотеке. Ваши рассказы просто великолепны! Это как взгляд на себя со стороны…

— Ваши героини такие настоящие. Они легко вам даются? О чём будет новый роман? Мы так же будем смеяться и плакать, читая его?

Когда-то я решила написать о каждой из интересных мне женщин свою историю. Кто-то был мне подругой, кто-то просто знакомой. Хотя, конечно, многие сюжетные линии, детали, обстоятельства жизни я придумывала сама.

Какие-то героини, как, например, в рассказах «Любимая фаворитка короля» или «Городские цветы», придуманы мной целиком, их прототипов не существует. Но писать о них всё равно было легко. Я их хорошо представляла, понимала, как они должны выглядеть, как должны вести себя, как говорить.

Может быть, вы уже заметили, что у меня нет историй о любви. Я пишу о жизни, а любовь существует в моих рассказах как часть большой темы межличностных отношений.

Новый роман тоже о жизни. О том, как она непредсказуема и часто жестока. И как люди, считающие себя сильными и успешными, ведут себя в критических ситуациях.

«Смеяться и плакать», — в Вашем вопросе Вы замечательно обозначили две крайние реперные точки, между которыми мне хотелось бы поселить всё, что я написала.

Я не назвала ещё одно важное слово: «думать». По той причине, что оно здесь уже присутствует, уже зашито, уже подразумевается: «Смеяться, плакать, думать» — именно так и бывает. Кто умеет смеяться и плакать, тот, как правило, не лишён способности и серьёзно задумываться о жизни.

— Многое из написанного было когда-то прожито самой? Это так? Зарисовки из жизни в Швейцарии, советский быт и спецпайки, перестроечные талоны на продукты…

Конечно, это прежде всего свой собственный опыт. Советский быт я помню очень хорошо. Никаких «нужных» знакомств или блата в нашей семье не было, но, по счастью, никто из нас от этого и не страдал. Как-то обходились тем, что есть.

Мои наряды мне шила бабушка. Даже уже в университете я носила платье, сшитое ею. Оно было тёмно-синим, с белым кружевным воротником и такими же манжетами. И я себе в нём чрезвычайно нравилась.

А о спецпайках я знаю, благодаря моему знакомству с дочкой небольшого начальника в Совмине советских ещё времён.

Мне трудно было с ней дружить: слишком большая имущественная и социальная дистанция нас разделяла. Но многое из того, что я видела и слышала за годы нашего общения, мне пригодилось потом для сочинительства.

В частности, золотом по мрамору осталась выбитой в памяти фраза моей подруги, когда она, разворачивая на своей красивой кухне аккуратный свёрток из пергаментной бумаги, сказала мне: «А эта колбаса — Кремлёвская, вкусная — невероятно! Хочешь понюхать?»

Всё это я описала в рассказе «Давай с тобой дружить».

Талоны помню очень хорошо. Мы с сыном как раз вернулись из Женевы, и первое, что сделала моя мама, это торжественно вручила нам талоны на сахар и табак. Когда я спросила, зачем мне талон на табак, выяснилось, что его можно поменять ещё на что-то, например, на гречневый продел. Сейчас вспоминать забавно, но тогда это было тяжело.

— Вы вернулись из командировки из Швейцарии как раз в разгар перестройки. В каком году? Как Вы приспосабливались к той жизни? Как вы стали заниматься бизнесом? Много тогда писали? Публиковали?

Вернулись мы в Москву летом 90-го года. На деньги, заработанные в командировке, мне удалось купить кооперативную квартиру. Так что у нас сразу же началась новая жизнь в новой квартире на самом краю Москвы в кошмарной дыре.

Всё, что мы увидели после пятилетнего перерыва (мы не приезжали в отпуск из экономии), казалось дурным сном. Приспосабливались мы очень тяжело, настроение было ужасное, я всё время болела. Чаще всего я слышала вопрос, который мне задавали даже врачи в поликлинике: «Зачем вы вернулись?»

Тогда в России появились первые рекрутинговые агентства, набиравшие по конкурсу сотрудников для международных компаний. Через два года, уже после замужества, я решила попробовать. Конкурс прошла легко, уволилась с госслужбы и поступила на работу в крупную английскую фирму.

Так началась моя корпоративная карьера. Очень скоро я стала директором по маркетингу и дальше уже работала на этой позиции. О творчестве тогда почти не думала, хотя между делом написала несколько вещей. В центре моих профессиональных интересов была моя работа и деловая карьера. Но, как оказалось позже, всё это время весь полезный жизненный материал аккумулировался у меня в памяти и тихо ждал своего часа.

— У Вас был большой перерыв между браками. Как можно было познакомиться с порядочным мужчиной тогда? Это сейчас есть сайты знакомств, а тогда была только работа. Вам знакомо чувство одиночества?

Мне кажется, что такое одиночество, знает каждая из нас. И я тоже хорошо помню, как это бывает, когда чувствуешь себя никому не нужной, когда вокруг тебя благополучные, устроенные женщины, которые часто смотрят на тебя свысока, когда годы уходят и вообще всё плохо.

Те десять лет, что я находилась в разводе, были для меня трудными, но и полезными как школа жизни, когда ты сама ставишь перед собой труднодостижимые цели и сама их добиваешься. Когда нужно принимать ответственные решения, когда отвечаешь за всё, как это было в Женеве, когда рядом не было никого из близких людей и главным моим другом был мой сын.

А как можно было в те годы познакомиться, честное слово, не знаю. Это и в нынешние времена очень тяжёлый вопрос. Социальные институты, которые бы помогали в решении этой важнейшей проблемы, отсутствуют, что делать тем, кто припозднился, совершенно непонятно.

Как я понимаю, и тогда, и сейчас для знакомства остаются только два пути: или в студенческие годы в институте, или же на работе, что значительно труднее.

— Как справлялись с разочарованиями в людях, ведь они неизбежны? Есть свой рецепт или формула душевного равновесия в такие моменты? Как удержаться от отчаяния, сохранить уважение к мужчинам и не вступить в ряды мужененавистниц, от которых только и слышишь: «все мужики ко… и одинаковые»? Как не начать сдавать позиции, снижая планку — «лишь бы был… их так мало…»? Как продолжать верить, что Он, твой, где-то рядом? А если тебе уже 40+?

Ненавидеть мужчин как класс мне никогда не хотелось, хотя были и разочарования, и слёзы, и километры истрёпанных нервов, и всё, что в таких случаях бывает.

По поводу компромисса — сложный вопрос. У меня есть старинная приятельница, вышла замуж только потому, что уже некуда было отступать и кандидат был, что называется, «перспективный». Поначалу чуть не плакала, а потом оказалось, что ей с ним хорошо. Он сделал успешную карьеру, родили и воспитали они прекрасных детей и прожили в браке больше тридцати лет.

Не буду брать на себя смелость давать советы, ждать ли своего «принца» или смотреть, кто есть рядом. Каждая женщина должна решать сама. Говорят, что браки, заключённые по рациональным соображениям, не самые худшие. Но в любом случае даже в ситуации, когда в личной жизни полный штиль или только отгремел шторм, необходимо сохранять уважение к себе и не заискивать ни перед мужчинами, ни перед жизнью. Это случается по той причине, что самооценка у большинства из нас гораздо ниже той, что мы на самом деле заслуживаем.

— *Я знаю, что это ваш второй брак. Сколько лет вы уже вместе? Как вы познакомились? Сколько тогда Вам было лет?*

Второй раз я вышла замуж, когда мне было уже за тридцать. Этой осенью мы будем отмечать серебряную свадьбу. Встретились мы в Женеве, но это было просто мимолётное служебное знакомство, не более того. Я работала мелкой сошкой в советском Постпредстве при ООН, имела сына-старшеклассника и совершенно неопределённое будущее.

Помню забавную сценку: я и два молодых дипломата, которые приехали на переговоры по разоружению, сидим на травке у бассейна и обсуждаем какую-то перестроечную статью в «Moscow News». Я смотрю на них, стильных, симпатичных и остроумных, глазами старой черепахи, слушаю их шуточки и думаю: «А ведь кто-то за ними замужем, какие же эти бабы счастливые!»

И только через четыре года, когда я вернулась в Москву, это знакомство совершенно случайно продолжилось. Мы просто столкнулись у лифта в первый же день, когда я пришла по делам в высотку на Смоленской. За минуту до этого я почему-то вспомнила об этом малознакомом мне человеке.

К счастью, мне не пришлось уводить чужого мужа из семьи. На тот момент мой женевский знакомый был уже прочно разведён, и я позволила себе принять знаки внимания этого ироничного пижона. Ну а коли коготок увяз, то и вся птичка скоро пропала.

— Что не получилось в первом браке? Как вы сейчас думаете, можно ли было что-то исправить?

Поначалу всё было просто замечательно: однажды серьёзный молодой человек подошёл ко мне на выходе из здания МГУ и попросил разрешения познакомиться. Он был старше меня на семь лет, работал в красивой организации и имел прекрасное образование. Первое время от стеснения я даже называла его на «вы».

Не успела я окончить университет, как мы уехали в командировку в Индию. Мне там тоже сразу же нашлась работа: я стала преподавать русский язык для иностранцев в культурном центре при нашем консульстве. Это была действительно «страна чудес» — с тяжелейшим климатом, в том числе и внутри советской колонии, с дикими нравами и очень большими возможностями, о которых на родине в то время и мечтать было нельзя. Выдержать такое «испытание на прочность» моему первому мужу не удалось. Вернулся он оттуда алкоголиком. Так и прожил всю свою жизнь, не приходя в сознание.

Это грустная история, я стараюсь лишний раз её не вспоминать. Пьяный мужчина в доме — страшная вещь, особенно когда рядом маленький ребёнок. У меня есть рассказ, он, по-моему, получил все возможные призы на литературных конкурсах. Называется «Никогда. Рассказ второклассника».

Если кому-то интересно продолжение этой темы, его легко можно найти в интернете.

Несколько лет после возвращения из командировки ушло на попытки вернуть мужа к нормальной жизни. Когда ситуация с алкоголем и всеми сопутствующими ему «радостями» достигла критического уровня, я развелась. Уехали мы с сыном к моим родителям. Я перевела ребёнка из французской спецшколы в обычную районную, связала себе свитер, сшила две юбки, купила по большому везению полушубок из кролика и начала новую жизнь. Кто помнит меня в то время и читает сейчас эти строки, тот не даст соврать. Забирать какие-то вещи, украшения, делить «нажитое» не хотелось. Да это было к тому же просто опасно. Помню, отец тогда сказал: «Плюнь на всё это барахло. Начни с чистого листа».

— Вы уже 25 лет вместе. У Вас есть своя «формула семейного счастья»?

Да, конечно есть. Чтобы уцелеть самой в семейных штормах и сохранить свою семейную лодку, лучше иметь собственный набор «спасательных плавсредств».

Самое, на мой взгляд, важное: иметь свой собственный мир. Не быть бесплатным приложением к мужу. Я говорю не о карьере и не о деньгах. Я говорю о внутреннем мире и своём собственном круге интересов, о своём личностном развитии. В трудные моменты это позволит не потерять себя, не потерять почву под ногами.

И я бы посоветовала не размениваться на споры. Я давно убедилась, что в споре не рождается истина. В споре рождается лишь раздражение. И каждый при этом остаётся при своём мнении. Поэтому не нужно спорить с мужем. Если нужно, сделайте по-своему, но потом, применив женскую смекалку.

У меня есть рассказик, называется «On znaet». Там в шутливой форме приводятся несколько правил в ситуации, когда отношения оставляют желать лучшего:

Может быть, какие-то из них пригодятся нашим читательницам:

«— Хочешь добиться своего — не требуй и не запрещай. Скажи, что тебе всё равно. А ещё лучше — разреши.

— Не догоняй. Развернись и спокойно иди в противоположную сторону. Сделай так, чтобы бежали за тобой.

— Не удерживай. Пусть тебя боятся потерять.

— Не выясняй. Слышишь, что тебе врут, сделай вид, что поверила. Не хотят говорить — значит, правды всё равно не добьёшься. А добьёшься силой, так сто раз пожалеешь».

— Вам часто приходилось переезжать, даже в другую страну на длительное время. В советские годы Вы 5 лет работали в Швейцарии и немало сил потратили на то, чтобы добиться этой командировки, да ещё и с сыном вместе. Сейчас уже много лет Вы живёте в Нью-Йорке. Что это было — вынужденные перемены или желание улучшить в материальном плане жизнь свою и своих близких? Попытка убежать от проблем? Необходимость быть рядом с мужем, пока он в командировке? Или это всё же жизненный уже выбор — остаться здесь? Никогда не возникает желание вернуться в Москву?

В Нью-Йорк я приехала как мужняя жена, поскольку мужу предложили здесь постоянную работу в ООН. До этого муж, а часто с ним и я много лет ездили сюда в короткие командировки, поэтому круг друзей и знакомых на тот момент у нас давно уже сформировался. Переезд не был чем-то болезненным и эпохальным. В первый же вечер мы забросили чемоданы в наше первое временное жилище и поехали ужинать к нашим друзьям. А в Москве у нас остались родственники, друзья и наша любимая квартира, куда мы с большим удовольствием приезжаем.

— У любой женщины бывают в жизни такие тяжёлые моменты, когда просто не знаешь, как дальше жить. Можно ли найти какую-то для себя подсказку, или рецепт, или формулу, как быстрее вернуться в жизнь, как принять тот факт, что жизнь изменилась, или эти процессы неуправляемы и разум и сила воли здесь не помогут? Неужели только время может излечить? Как находить новые смыслы жизни?

Вера, у меня такое чувство, что вы уже прочитали мой новый роман. Он будет называться «Жить легко». Там есть эта тема.

Трудный вопрос. Попробую ответить так: быстрее вернуться в жизнь не получится. Нет таких стимуляторов, которые позволили бы человеку в ускоренном темпе прожить своё горе и быстрее вернуться в нормальную жизнь. И напрасны в этом случае надежды, что работа или какие-то заботы спасут. Они не спасут, они отвлекут на время, но то, что есть в душе, никуда за это время не денется.

И ещё: время не лечит. Это человек в конце концов приспосабливается к обстоятельствам своей жизни. Но это я уже начинаю цитировать своих героев, поэтому, наверное, на этом остановлюсь.

По поводу смыслов жизни у меня особенных иллюзий нет. Мы все вольны выбирать себе свои собственные смыслы и ими наполнять свою жизнь.

— Что бы вы сказали себе тридцатилетней сейчас, имея уже этот опыт? Каково там, после 40 лет?

Первое, что я бы сказала: «Девочки, не бойтесь! Не бойтесь 40+. И 50+ тоже бояться не надо». Кто это уже пережил, тот меня поймёт.

И второе: глядя на себя, тридцатилетнюю, я бы себе сказала:

«Научись себя любить». С ударением на слове «любить».

Посвящается дурам
Семнадцать рассказов
2015

Её проза затягивает с первой страницы. И уже нет ни сил, ни желания оторваться. Грустные, часто ироничные, то и дело дающие повод для улыбки и размышлений рассказы про наши маленькие победы и большие поражения, про слёзы, которые никому не покажешь, про душу, которая подчас напоминает ребёнка. Книга посвящается «дурам», но на самом деле просто женщинам, которые с переменным успехом проходят через различные «обстоятельства места, времени и образа действия». Удивительная книга о наших современниках на изломе их личной истории, на изломе жизни страны.

Грамерси-парк и другие истории
2015

В сборник «Грамерси-парк и другие истории» включена повесть о судьбах двух москвичек, разными путями оказавшихся в Америке и по-разному пришедших к личному преуспеванию и благополучию, а также рассказы о наших современниках. Кто-то из них живёт в России, кто-то за её пределами, но, независимо от этого, все они хотят добиться успеха и найти своё счастье. У кого-то это получается, у кого-то нет. Автор книги Татьяна Шереметева предлагает читателю вместе с ней подумать о непредсказуемости жизни, о случайностях и закономерностях, о нашем прошлом и настоящем.

Жить легко

Роман

2017

Талантливый писатель, любимец женщин, отец взрослого успешного сына, человек мужественный, энергичный, способный быть честным перед самим собой. Его зовут Волковицкий, и его знают многие. Другого преследуют ночные кошмары, где он всегда один и всегда проигрывает. Отношения Горелова с близким другом и с любимой женщиной обречены, и он навеки останется для обоих предателем. Единственное существо, кто по-настоящему любит его, — пёс по имени Цезарь. Горелов одинок, и демоны прошлого его не отпускают. Волковицкий и Горелов — одна судьба на двоих. Эта книга заставляет людей смеяться и плакать. Таковы две реперные точки, между которыми и начинает свою жизнь новый роман писательницы Татьяны Шереметевой «Жить легко».

Маленькая Луна

Роман

2018

В этом романе переплелись прошлое и настоящее, разные судьбы, характеры и мироощущение героев. Здесь нет отрицательных и положительных персонажей, а есть люди, которые справляются со своей жизнью как умеют. И каждому при воспоминании о былом есть о чём сожалеть. Трудно всё время обманывать себя, стараясь забыть тех, кто был тебе дорог и кого ты предал. У Вселенной свои законы, всё хорошее и плохое, что совершили мы, к нам возвращается. И никакой вымысел не может соперничать с тем, что порой предлагает нам жизнь.

Татьяна Шереметева
ЛИЧНАЯ КОЛЛЕКЦИЯ
MAGNUM OPUS
Эссе и афоризмы

Редактор: Ольга Новикова
Вёрстка: Михаил Кондратенко
Обложка: Лариса Студинская

Главный редактор издательства: Семён Каминский

Bagriy & Company
Chicago, Illinois, USA

printbookru@gmail.com

9 781734 446081